Slow reading

慢读译丛｜谢大光 主编

著名文史随笔经典之作

炉边情话

〔日〕幸田露伴 著

陈德文 译

南方出版传媒

花城出版社

中国·广州

图书在版编目（C I P）数据

炉边情话 / （日）幸田露伴著 ；陈德文译. -- 2版
. -- 广州 ： 花城出版社，2017.9
（慢读译丛 / 谢大光主编）
ISBN 978-7-5360-8236-6

Ⅰ. ①炉… Ⅱ. ①幸… ②陈… Ⅲ. ①随笔－作品集
－日本－近代 Ⅳ. ①I313.64

中国版本图书馆CIP数据核字(2017)第185284号

出 版 人：詹秀敏
责任编辑：余红梅
技术编辑：凌春梅
内文设计：品书天子工作室
封面摄影：刘一苇
封面设计：林露茜

书　　名　炉边情话
　　　　　LUBIAN QINGHUA
出版发行　花城出版社
　　　　　（广州市环市东路水荫路 11 号）
经　　销　全国新华书店
印　　刷　佛山市浩文彩色印刷有限公司
　　　　　（广东省佛山市南海区狮山科技工业园 A 区）
开　　本　880 毫米 ×1230 毫米　32 开
印　　张　7　2 插页
字　　数　160,000 字
版　　次　2011 年 8 月第 1 版　2017 年 9 月第 2 版
　　　　　2017 年 9 月第 2 版第 1 次印刷　累计第 2 次印刷
定　　价　26.00 元

如发现印装质量问题，请直接与印刷厂联系调换。
购书热线：020－37604658　37602954
花城出版社网站：http://www.fcph.com.cn

慢读译丛

总序

谢大光

阅读原本是一个人自己的事，与看电影或是欣赏音乐相比，当然自由许多，也自在许多。阅读速度完全可以因人而异，自己选择，并不存在快与慢的问题。才能超常者尽可一目十行，自认愚钝者也不妨十目一行，反正书在自己手中，不会影响他人。然而，今日社会宛如一个大赛场，孩子一出生就被安在了跑道上，孰快孰慢，决定着一生的命运，由不得你自己选择。读书一旦纳入人生竞赛的项目，阅读速度问题就凸显出来了。望子成龙的家长们，期盼甚至逼迫孩子早读、快读、多读，学校和社会也在推波助澜，渲染着强化着竞赛的紧张气氛。这是只有一个目标的竞赛，千军万马过独木桥，无怪乎孩子们要掐着秒表阅读，看一分钟到底能读多少单词。有需求就有市场。走进书店，那些铺天盖地的辅导读物、励志读物、理财读物，无不在争着教人如何速成，如何快捷地取得成功。物质主义时代，读书从一开始就直接地和物质利益挂起钩，越来越成为一种功利化行为。阅读只是知识的填充，只是应付各种人生考试的手段。我们淡漠了甚至忘记了还有另一种阅读，对于今天的我们也许是更为重要的阅读——诉诸心灵的惬意的阅读。

　　这是我们曾经有过的：清风朗月，一卷在手，心与书从容相对熔融一体，今夕何夕，宠辱皆忘；或是夜深人静，书在枕旁，情感随书中人物的命运起伏，喜怒笑哭，无法自已。这样的阅读会使世界在眼前开阔起来，未来有了无限的可能性，使你更加热爱生活；这样的阅读会在心田种下爱与善的种子，使你懂得如何与他人与自然和谐相处，在纷繁喧嚣的世界中站立起来；这样的阅读能使人找到自己，无论身处顺境还是逆境，抑或面对种种诱惑，也不忘记自己是谁。这样的阅读是快乐的，"好读书，不求甚解。每有会意，便欣然忘食"。我们在引用陶渊明这段自述时，常常忘记了前面还有"闲静少言，不慕名利"八个字。阅读状态和生活态度是紧密相关的。你想从生活中得到什么，就会有怎样的阅读。我们不是生活在梦幻中，谁也不可能完全离开基本的生存需求去读书，那些能够把谋生的职业与个人兴趣合而为一的人，是上天赐福的幸运儿，然而，不要仅仅为了生存去读书吧。即使是从功利的角度出发，目标单一具体的阅读，就像到超市去买预想的商品，进去就拿，拿到就走，快则快矣，少了许多趣味，所得也就有限。有一种教育叫熏陶，有一种成长叫积淀，有一种阅读叫品味。世界如此广阔，生活如此丰富，值得我们细细翻阅，一个劲儿地快马加鞭日夜兼程，岂不是辜负了身边的无限风光。总要有流连忘返含英咀华的兴致，总要有下马看花闲庭信步的自信，有快就要有慢，快是为了慢，慢慢走，慢慢看，慢慢读，可以从生活中文字中发现更多意想不到的意味和乐趣，既享受了生活，又有助于成长。慢也是为了快，速度可以置换成质量，质量就是机遇。君不见森林中的树木，生长缓慢的更结实，更有机会成为栋梁之材。十年树木，百年树人，心灵的成长需要耐心。

在人类历史上，对于关乎心灵的事，从来都是有耐心的。法国的巴黎圣母院，从1163年开始修建至1345年建成，历时180多年；意大利的米兰大教堂，从1386年至1897年，建造了整整五个世纪，而教堂的最后一座铜门直至1965年才被装好；创纪录的是德国科隆大教堂，从1322年至1880年，完全建成竟然耗时632年。如果说，最早的倡议者还存有些许功名之心，经过六百多年的岁月淘洗，留下的大约只是虔诚的信仰。在中国，这样安放心灵的建筑也能拉出长长的一串名单：新疆克孜尔千佛洞，从东汉至唐，共开凿六百多年；敦煌莫高窟，从前秦建元二年（366）开凿第一个洞窟，一直延续到元代，前后历时千年；洛阳龙门石窟，从北魏太和年间（477～499）到北宋，开凿四百多年；天水麦积山石窟，始凿于后秦，历经北魏、北周、隋、唐、五代、宋、元、明、清，各朝陆续营造，前后长达1400多年……同样具有耐心的，还有以文字建造心灵殿堂的作家、学者。"不应该把知识贴在心灵表面，应该注入心灵里面；不应该拿它来喷洒，应该拿它来浸染。要是学习不能改变心灵，使之趋向完美，最好还是就此作罢。""一个人不学善良做人的知识，其他一切知识对他都是有害的。"以上的话出自法国作家蒙田（1533～1592）。蒙田在他的后半生把自己作为思想的对象物，通过对自己的观察和问讯探究与之相联系的外部世界，花费整整三十年时间，完成传世之作《随笔集》，其影响一直延续至今；另一位法国作家拉布吕耶尔（1645～1696），一生在写只有十万字的《品格论》，1688年首版后，每一年都在重版，每版都有新条目增加，他不撒谎，一个字有一个字的分量，直指世道人心，被尊为历史的见证；晚年的列夫·托尔斯泰，已经著作等身，还在苦苦追索人生的意义，一部拷问灵魂的小说《复活》整整写了十年；我们的曹雪芹，穷其一生只留下未完成的《红楼梦》，一代又一代读者受惠于他的心灵泽被，对他这个人却知之甚少，甚至不能确知他的生卒年月。

这些就是人类心灵史上的顿号。我们可以说时代不同了，如今是消费物质时代、信息泛滥时代，变化是如此之快，信息是如此之多，竞争又是如此激烈，稍有怠慢，就会落伍，就会和财富和机会失之交臂，哪里有时间有耐心去关注心灵？然而，物质越是丰富，技术越是先进，越需要强大的精神力量去制衡去掌控，否则世界会失衡，带来灾难性的后果。对于个人来说，善良，真诚，理想，友爱，审美，这些关乎心灵的事，永远不会过时，永远值得投入耐心。千里之行，始于足下，让我们就从读好一本书开始。不必刻意追求速度的快慢，你只要少一些攀比追风的功利之心，多一些平常心，保持自然放松的心态，正像美好的风景让人放慢脚步，动听的音乐会令人驻足，遇到好书自然会使阅读放慢速度，细细欣赏，读完之后还会留下长长的记忆和回味。书和人的关系与人和人的关系有相通之处，物以类聚，人以群分，书人之间也讲究因缘聚会同气相求。敬重书的品质，养成慢读的习惯，好书自然会向你聚拢而来，这将使你一生受用无穷。

正是基于以上考量，我们编辑了这一套"慢读译丛"，尝试着给期待慢读的读者提供一种选择。相信流连其中的人不会失望。

2011 年 7 月 10 日于津门

（谢大光：百花文艺出版社原副总编辑，有 20 多年外国散文编辑经验，先后编辑出版"外国名家散文丛书"、"世界散文名著丛书"、"世界经典散文新编"等 120 余种散文书籍；主编《百年外国散文精华》、《日本散文经典》、《法国散文经典》、《俄罗斯散文经典》等。）

目 录

目 录

幽情记

LIUBIANQINGHUA

炉边情话

泥 人

　　赵子昂，名孟頫，湖州人。仕宋，为真州司户参军。及宋亡，至元二十三年仕元，得五帝之优遇，至治元年卒[①]，追封魏国公。能书，善画，通音乐，巧诗词，属文动人，为政得体，博学多能，聪明敏慧，诚乃稀世之人也。故为世祖忽必烈草诏时，令忽必烈叹赏："得朕心中所欲言者。"以书画名于天下，至天竺僧千里得得求其笔迹矣。有史官杨载者称："孟頫之才，为书画所掩，知其书画者不知其文章，知其文章者不知其经济之学。"人以为知言也。可知子昂之才大矣。如刑部至元抄·中统抄之论事不屈，如勉励奉御彻里弹劾丞相桑哥，实可见不仅为笔墨词章

赵孟頫

之人也。见仁宗评孟頫操履纯正，仅有才乎？内心亦不丑。又初见世祖时，神采焕发如神仙中人，故世祖喜，赐座于右丞叶李之上，风姿亦不凡。有才，有学，有识，有德，加之家系亦贵，风采亦美，寿亦长，官亦高，身在多事之世而不

---

　　① 疑为治元二年（1322）之误。

遇忧，死后断简零墨亦称松雪斋之笔迹，如玉如金之重。生而无一天不为万乘之君以名呼之，以字召之。如此之福人，历代皆稀矣。

如此之人，以其仕二朝之故，为后人所不悦。水户藤田东湖[①]，年轻时学子昂书，年长，及知松雪斋人，遂不悦学孟頫。观东湖书，其少时，势逼赵氏，后虽微留松雪之荫，而劲拔之笔致，则力有异于文敏。将子昂之帖撤于机下而学之说，以东湖事言之无疑。可学当学，可弃当弃。书乃心画，水户之士藤田东湖，恐不以为然也。

明末清初，阳曲人傅山，字青主，号称朱衣道人。青主于世，殆如子昂于世。唯子昂处宋元间，青主处明清间之差矣。青主亦博学多能之人，善医，工画，极精于金石篆刻之道。素能书，大小篆之下无不精工。此人尝自论其书曰："弱冠学晋唐人之楷法，皆不能肖。及得松雪香山之墨迹，爱其圆转流丽，稍学之，则以乱真。已而乃愧之，是若学正人君子者，每觉难近其觚棱，降而学匪人，不觉其日亲之。此心术坏而手随之。"遂弃而去之。复学颜真卿，曰："学书之法，宁拙毋巧，宁丑毋媚，宁支离毋轻滑，宁真率毋安排。"青主意在于：子昂书轻薄儇巧而不良，学之易染其风。如同交恶友而易亲。其易效，常证其真不良也。朱衣道人之言，虽无不在理，然亦过矣。将子昂书比匪人，未为稳妥。松雪书岂易学乎？松雪亦学晋唐人，虽柔媚处有之，亦不可遽以旁门邪道目之。清冯钝吟论曰："赵松雪出入于古人，无不可学，贯穿斟酌，自为一家，当时诚独绝也。自近代李祯伯，创奴书论起，后生耻以为师，甫习执笔，便羞言模仿

---

① 藤田东湖（Fujida toko 1806-1855），幕末儒学者，名彪。父幽谷。辅佐藩主德川齐昭，推进天保改革。安政江户大地震中救母身亡。

古人。晋唐旧法，于今扫地。松雪正是仅守子孙之家法者，诋之以奴，不亦过乎？惟欲使其立论字形流美，又功夫过于天资，于古人之萧散廉断处微嫌不足。"钝吟书法博邃，是盖可谓公平之言、稳当之议也。朱衣道人斥子昂，是诚恶赵氏仕二朝、喜颜氏持大节之言矣。道人际会革命之世，持坚苦之节，以甲午之罪遭刑，几死才得免，愈不如速死，仰视

赵孟頫

之天，俯画之地，居土穴，凡二十年，及天下大定，稍稍出土穴，自叹曰："弯强跃骏之骨而以佔哗朽之，是则埋吾血千年而不可碧落者。"如此之人，命能画善文之亲子眉日日入山采樵。其气质、思想如此可畏之老先生，评松

雪斋之书，作如是言可谓不足怪也。虽在逆旅，教子夜学，若至诘旦不成诵，以杖警之。如此之父，乃严人也。又评欧阳修《集古录》，曰："吾今乃知此老真不读书者。"如此率真介直人也。思之，先知其人，而言由所出矣。

松雪斋之所以为人所诟病，皆因仕二朝，然此亦稍有可察之节。其仕宋，因父之荫，宋亡时，子昂年二十七，正直彰才立功之龄。然自国命革，在家力学，不敢自进以求荣达。元大访江南人才，至元二十三年，子昂时年三十四，为程钜夫所荐，起而见世祖。元以武得天下，其势必欲得人安民，如致子昂者，恩威夹攻，可想而知也。不考察时势而责之，理则正而议稍苛。国亡后，身虽荣贵，绝无骄满之态，而密有怆恻之情。子昂人品，亦可思之。故后人邵复孺评

4

曰："公以承平王孙，婴
世之变，黍离之悲，有不
能忘情者，故长短句深得
骚人之意度。"邵氏所言，
近乎人情也。

管夫人

虽然，有与孟頫同时
之刘因、字梦吉者，亦于
至元中被征，授承德郎右
赞善大夫，以母疾归，寻
以集贤学士嘉议大夫被征，固辞不出。以子昂比梦吉，梦吉
贞矣。朱衣道人亦于康熙中，强授中书舍人，而以病不入
谢。以竹榻舁之入，及强掖之以为谢，则仆地。次日遽归，
叹曰：以后世或妄以刘因辈而自贤，且死不瞑目。闻者惊惧
咋舌。以刘梦吉比傅青主，青主贞矣。况赵孟頫乃宋太祖十
一世孙，宋亡，国敌宗仇为元所用也。其所为，虽云于济世
治民有补，然使后世薄之，亦复人情不得不如此也。才敏有
余，志贞不足，人谁不为松雪斋惜乎哉？

子昂谥文敏，诚可谓文敏，而不可谓文贞、文忠也。子
昂虽以忠贞有缺，或为后人所不悦，然一生多福，加之得以
琴瑟和谐，诚可谓被天宠之人矣。

子昂夫人，管氏，名道升，善诗，能画。至今吴兴白雀
寺之壁，存其所画竹，见清人之记。清初钱牧斋《秋槐集》
存有《观管夫人画竹并松雪公书〈修竹赋〉》所题诗，及明
郑长卿《题管夫人画竹石》诗。可见，管夫人之笔，世犹存
者不为稀也。

子昂得如是之佳偶，以大官贵人之习，纵使在蓄有侍妾
之国俗中，竟不置第二房、第三房。此可谓因子昂人品之

良，又因夫人不失夫之心也。世传，子昂既贵，为翰林学士之顷，夫人亦年过四十，红香不可追，翠光亦渐衰，此乃如何之机也？松雪亦思得美人旦暮相伴于书斋，研墨劈笺，遂作小词示夫人。词曰：

> 我学士，
> 尔夫人，
> 岂不闻，
> 陶学士有桃叶、桃根，
> 苏学士有朝云、暮云。
> 我便多娶几个吴姬、越女何过分？
> 尔年纪已过四旬，
> 只管占住玉堂春。

不知得此小词时心情如何，夫人以同样小词作答，其词曰：

> 尔侬、我侬，
> 忒煞情多，
> 情多处，热如火。
> 把一块泥，
> 捻一个尔，
> 塑一个我，
> 将咱两个一齐打破，
> 以水调和，
> 再捻一个尔，

再塑一个我，
我泥中有尔，
尔泥中有我。
与尔生同一个衾，
死，同一个椁。

    松雪得此词读之，大笑而止之。男女作夫妇，实如两个泥人破而复造，"我泥中有尔，尔泥中有我"句，有理，有情，有怀，有趣。土偶之譬，执着与解脱相纠相织于词章之中。子昂亦只能莞尔，甚有趣。笑而止之，亦好人品。惟子昂词不见于今所存《松雪斋词》也。

管夫人

    管夫人，小蒸人也。苏州与嘉兴之松江土壤相错之处，有小蒸大蒸。皆在积水中，草树蓊蔚，团聚成村落，因古诗句有云"气蒸云梦泽"而得其名者。子昂所出之湖州，据此处自当不远。传子昂以夫人乡之故，往来其地，观风光可爱，因作《水村图》。又云为夫人之父造楼，名管公楼。然而，子昂手抄佛经中，记有"管公楼用朱格纸"。子昂和管氏，伉俪之情极笃，如前所举，然传说亦有妾名舞袖者。明李竹懒称："夫人殁后，公自置之。"可知公未再迎正室。竹懒乃风流之士，诗文、书、画皆成一家。经其地，思前贤韵事，悦水乡佳景，作

《大小蒸图》。

　　子昂信仰，以孔孟为宗，自不待言。而平正温和之性质，虽依儒亦未敢斥老子。其自谨书《道德经》，端严优丽，以小楷之典型为后人所敬重、临摹。又不忌佛教，书写经论，一如李氏之言。尝自署"三教弟子赵孟頫"。三教并奉者，元有王喆，明有林兆恩。子昂不似此等狂妄之人夸一家之见，只是一宽厚温敦之人，观老佛之道亦存佳处，以致自尊信之。且此亦说明子昂并非介然特立、岸然自持之士也。

　　管夫人印中有刻"赵管"者。彼邦之习，女子出嫁亦不冒夫姓。故印文应有"管氏道升"。然有"赵管"，"赵氏之管氏"意也。可见夫人用心颇为有趣。然此亦并非无据，王羲之"笔道之师"卫夫人，为李矩之妻，合夫姓称李卫。管夫人有学，有识，有才，有情，用"赵管"或"魏国夫人赵管"等印。泥像中不仅有夫，印文中犹拥夫不放。赵管乎？管赵乎？子昂夫妻，生而结双身之魂，死而共一莲之座，实可庆可贺矣。

（大正四年七月）

水殿云廊

男女之缘各色各样。十年相思，云树远隔，有之；一朝新知，华烛忽辉，有之。其中亦有如号"黄鹤山樵"之明初诗人王叔明和俞氏之间，偶然一章二十八文字，突然招来凤鸣鸾和之欢，真可谓意想不到之缘也。

《明史》卷二百八十五记：王蒙，字叔明，胡州人赵孟頫之外甥，敏于文，不尚渠度，工画山水，兼善人物。少时，赋宫词，仁和俞友仁见之曰："此唐人佳句矣。"遂以妹妻之。

一篇诗，以逼唐人之故，博人激赏，至得其妹。予欲戏之："笔下生花"之谓非虚言也。其诗曰：

> 宫词
> 南风吹断采莲歌，
> 夜雨新添太液波，
> 水殿云廊三十六，
> 不知何处月明多。

乍看，只是写夏夜宫中景色之美，反复吟诵，实为有趣。人动辄惯于读"言尽意即尽"之文，而疏于斟酌此等诗

炉边情话 LUBIANQINGHUA

幽情记

"辞终情未终"之妙。祇园南海①，出新井白石②之门，诗名震世，耐得"出蓝"之称之人也。为初学评释此诗，极深切。举之，欲少颁其惠。

南海曰："此诗流丽清新，实为高妙。诗意，叙宫中情态。宫女相戏采莲之顷，南风拂拂而来。歌声吹断之时，夜雨心添太液池水，景色清美，何处不可乐也？此宫中，临水之殿阁，耸云之廊厢，凡三十六钦！其中得天子宠爱、就中见月光亦甚有趣之人为谁也？所谓月明多，令人想到酒宴歌舞热烈之筵席，明月朗照，故曰月明多。若咏无天子宠而独居深宫，则应月色寂寞稀少也。诗之表如上，而彻里见之，南风夜雨二句景胜，宫中处处无不乐也。若君恩只深及一人，随时可赏格别之月明，其余皆含怨，彻夜泪流，君恩偏倾，不平等则生怨恨。由此可知，君唯宠爱迎合君心之人，天下贤才几千不遇时，岂之下位，当言可悲矣。说诗，知其诗表里，应先说表。作诗之人，初仅作表。作后，方具名人诗般之感情深沉，渗透底里，颇多意味。将此解作表，仅限于此。诗无妙用。《诗经》若不深达则不易说。对孔孟诗之手段，当仔细吟味也。"南海说诗，甚巧，盖非作家不能如是。因记，所载南海评释之书，此诗作者署名误为高启，当改。

世皆知王蒙因此诗而得俞氏，如《明史》所记。然词人逸话，多出自轻薄子弟道听途说，溢美之谈，过恶之辞，如

---

① 祇园南海（Gion nankai 1677–1751），江户中期汉诗人、南画家。名瑜，字伯玉。纪州藩儒官。著作有《诗学逢原》、《南海诗诀》等。

② 新井白石（Harai hakuseki 1657–1725），江户中期儒学者、政治家。名君美。木下顺安门人。参政幕府，接待朝鲜通信使，改革币制和外国贸易。著有《新井白石日记》、《西洋记闻》、《同文通考》等。

蜃楼现海，虎影跃市，未可遽信矣。朱竹垞曰："凌颜翀《柘轩集》有悼王叔明室张氏诗，云：

> 结发为夫妇，
> 齐眉若主宾。
> 山同黄鹤隐，
> 书逼彩鸾真。
> 兰树人皆美，
> 苹蘩尔独亲。
> 情伤坦腹者，
> 临穴重沾巾。

则可知叔明娶张而非俞。"结发为夫妇"句，是说王蒙少时已与张氏缔缘。"山同黄鹤隐"句，叔明当元末之乱，隐于黄鹤山时，张氏亦随之。故可知王张直至中年颇为睦契。《明史》"少时"云云，可疑。或谓，叔明丧张氏后，得俞氏。又《七修类稿》① 称，此诗非王蒙所作，而为湖州王旬、字子宣所作。且诗中"明月"二字作"晚凉"。事之真伪是非，今不可知也。

叔明后谒胡惟庸私第，与会稽郭传、僧知聪同观画。惟庸未几叛而被诛，叔明亦受累，死于狱中。以诗得妻，由画招死，人之命运如此不可测矣。

（大正四年七月）

---

① 明郎瑛撰，十一卷，续稿七卷。内容分为天地、国事、义理、辩证、诗文、事物和奇谑七类。

幽　梦

宋诗人，于苏东坡、黄山谷外，以陆放翁为胜。其诗，虽少雄浑森严之处，然真情流露，自然圆成。因其似易入易学，为后浅俗者所依据，以至摒放翁而轻视之。冤哉，效颦之丑本不足损捧心之美也。

陆游

放翁名游，字务观，越州山阴人。乃撰《埤雅》、《礼象》、《春秋后传》二百四十二卷书之硕儒陆佃、字农师者之孙也。佃贫困而勤于学，不得灯油之资，借月光之力读书，为后人所感怆。佃师王荆公，当荆公布新政时，法无不善，但推行不能如初志，反被议为扰民。其见识可窥知。及哲宗即位，荆公之党被驱逐，荆公卒。然佃率诸生哭祭之。其情谊尚可称。佃之子宰，亦学问之人，继父志撰《春秋后传补遗》。放翁乃宰之子。母如何之人不可知，然其解诗好文无疑。所以者何？放翁实为其母梦秦少游而生之。秦以字为名，以其名为字，以此事可推知。秦观，字少游，放翁游，字务观。少游当放翁祖父农师时世人，豪隽慷慨，喜读兵书，而才情玲珑，甚巧于词章。

王荆公评曰："其诗清新似鲍、谢。"苏东坡谓之"其赋俊逸近屈、宋"。其死，东坡叹曰："哀哉，世仍有斯人乎？"才胜如是，诗丽无比。传令当时一美姬，见前慕而恋之，会后思而死之。然由放翁母梦淮海先生之说，故可

陆游

知一部《淮海集》平常香闺中亦有之。投胎再生，可信可疑，性癖技能，相近相肖。少游善诗，放翁亦善诗，少游喜兵，放翁亦喜兵。慷慨之气，风流之情，思之彼此似通，诚可谓奇异之因缘也。

放翁生于如是之家，如是之母。年十二，诗文之才已为人所认。始为秦桧所嫉，迟而得官，晚为韩侂胄所累而至讥不已。宋衰之际，犹为王炎陈进取之策，思怀经略中原之意。或当与金议和时，论建康、临安之地势，或为帝斥珍玩，乃忠义之心不浅之人也。唯天生诗人，日无不吟，其风雅醇厚可知。以文字不拘礼法而被讥为颓放，故自称放翁，其襟怀疏旷可知。及范成大帅蜀，以参议官随之。乐其风土而留之数年，终至将一生所作以剑南目之，堪称诗天地中之人也。

务观年轻未称放翁时，娶母系唐氏为妻，夫妇情浓，如鱼得水。而婆媳不睦，梭杼难合。尊亲重孝乃士君子之习，恩爱之羁绊难断，然夫妻之情为义理严冷之刀所斩截，唐氏终遭遣。失夫之妻，日月皆黑，无妇之男，酒茶无味。

唐氏难辞人之劝，又适别家。务观日日处于寂寞之中。花有情，开在有愁之家；蝶无心，访于无聊之人。鳏夫亦有

春来拜，禽歌，风光，人心浮动之时，与其深居不出，不如旧梦付流水，及时行乐而得新兴也。漫然巡游之后，走进沈氏花园。园在禹迹寺南，花木深荫，亭榭多趣，诚足以使人畅神矣。务观顿觉心情怡悦，逍遥自在，偶见对面柳翠桃红，人影浮动，素颜细腰，迷离恍惚，正是吾前妻也！难以忘怀之人蓦然又重逢。大丈夫心中激动难平，女子面如火烧。唐氏一惊，脚步踉跄地消失于树荫深处。心感畴昔之事，面带即今之思，欲问欲闻，欲言欲语。心中虽有无尽之言，然断缘之中，契破之间，芳魂迷乱，柔肠回结。女子有新夫作伴，不能出辞使眼，才欲对夫言，便致酒肴，以示心中无旧情，悄然距于红雾翠烟之外。花香入酒，柳色逼桌，人情举赏春之杯，孤蝶只燕恨自长。务观怅然良久，思之，作《钗头凤》词，题于园中之白壁：

> 红酥手，
> 黄藤酒，
> 满城春色宫墙柳。
> 东风恶，
> 欢情薄。
> 一怀愁绪，
> 几年离索。
> 错，错，错。
>
> 春如旧，
> 人空瘦，
> 泪痕红浥鲛绡透。
> 桃花落，

闲池阁，

山盟虽在，

锦书难托。

莫，莫，莫。

　　"月儿不是月，春也不是往日春……"，[1] 像吟出此歌的人一样，无限哀怜之意中，往事不堪回首。思绪烦乱，寂寞难耐，一味"错"与"莫"。此人此词，其时其情，不可尽言。然至后来，阳羡万红友评曰："此词精丽，非俗手所能。"红友又评曰："此词前用'手'、'酒'、'柳'三上声字，后用'旧'、'瘦'、'透'三去声字，何其心细法严矣。"虽匆卒之作，因出才人之真情，心香已杳，声响自清。唐氏得此词，不知坠几斛泪珠。无几，怏怏而身殁。

　　沈园邂逅，深深浸入诗人之心，沈园其后虽易主，务观之恨长遗不尽。后再登禹迹寺眺望时，作诗云：

　　　落日城南鼓角哀，

　　　沈园非复旧池台。

　　　伤心桥下春波绿，

　　　曾是惊鸿照影来。

　　"惊鸿"无疑指其人。物移景迁，世之习也，幽雅沈氏之园，经月日而衰废。吟怀寂然而动，亦复有诗：

----

　　① 在业原平的短歌，收入《古今和歌集》十五卷。全文为"月儿不是月，春也不是往日春，让我独自回到旧时去"。

枫叶初丹槲叶黄，
河阳愁鬓怯新霜。
林亭感旧空回首，
泉路凭谁说断肠？
坏壁醉题尘漠漠，
断云幽梦事茫茫。
年来俗念消除尽，
回向蒲龛一炷香。

"坏壁、断云"一联，呜呼，诚可悲矣！而诗人之深情，终不止之。其人死，犹不忘，其园荒，犹怀之。人与园俱皆灭于云烟之外，不可复寻，情魂诗魄，晃动于有无明幽之间。杳渺梦里，再游沈氏之园，残灯孤影，寤后作诗二章：

路近城南已怕行，
沈家园里更伤情。
香穿客袖梅花在，
绿蘸寺桥春水生。

城南小陌又逢春，
只见梅花不见人。
玉骨久成泉下土，
墨迹犹锁壁间尘。

如何难忘之深情矣。遂成世上可爱之故事。
唐氏无辜被放翁母所逐，不知是否同唐氏有干系，读

《剑南诗稿》卷十四，某些篇章如夏夜舟中闻水鸡之声甚哀曰"姑恶"，遂有感而作诗。水鸡，即姑恶鸟，又叫姑惑鸟，因鸣声得名。相传上世有妇人，受姑之虐，气结而死，化为此鸟。来元成有句云："不改其尊称曰'姑'，一字贬名遂作'恶'。"放翁诗曰：

> 女生藏深闺，
> 未曾窥墙藩。
> 上车移天所，
> 父母成它们。
> 妾身虽甚愚，
> 亦知尊君姑。
> 下床鸣鸡头，
> 梳髻着襦裙。
> 堂上奉洒扫，
> 橱中具盘飧。
> 青青摘葵苋，
> 恨未美熊蹯。
> 姑色少不怡，
> 衣袂泪痕湿。
> 所冀妾生男，
> 庶几姑弄孙。
> 此志竟蹉跎，
> 薄命来谗言。
> 放弃敢无怨，
> 所悲背大恩。

> 古路傍陂责,
> 微雨灯火昏。
> 君听姑恶声,
> 乃无遣妇魂?

反复吟味,恻恻之情,绵绵之恨,自是动人。盖唐氏当时之面影,非寓在其中乎?

古人早婚,和汉皆然。放翁年二十顷,虽不知是否已得唐氏,然《诗稿》卷十九有诗二章,题为《余年二十,尝作菊枕诗,颇为人传。今偶复采菊,使缝锦囊,凄然有感》:

> 黄花采得作锦囊,
> 曲屏深幌闭幽香。
> 唤回四十三年梦,
> 灯暗无人说断肠。
> 　　　又
> 少日曾题菊枕诗,
> 蠹编残稿锁蛛丝。
> 人间万事消磨尽,
> 只有清香似旧时。

畴昔菊花枕,当为唐氏纤手裁缝,亦颇有趣。

放翁福薄不仅如此,其后当入蜀,宿于某驿站,见驿馆壁上有题诗,正是女人手笔,诗亦不恶:

> 玉阶蟋蟀闹清夜,
> 金井梧桐辞故枝。

一枕凄凉眠不得，
呼灯起作感秋诗。

问如何寂寞之人，乃为身轻驿卒之女。不知美否，因爱其才，放翁召之纳为妾。诗人与才女，唱和朝夕，苟有言笑，亦良多趣味。然朗月招云，好事惹魔，唐氏后之夫人妒嫉心极强，仅半岁而逐出之。《词综》卷二十五载："妾当逐，赋《生查子》调词。"词曰：

只知眉上愁，
不识愁来路。
窗外有芭蕉，
阵阵黄昏雨。

晓起理残妆，
整顿欲去愁。
不合画春山，
依旧留住愁。

芭蕉夜雨生悲，愁来眉上，理妆画眉。春山青处，愁云还逗。思女旦暮情景，浮现而出。前失唐氏，后失此女，放翁诚无艳福之人也。

放翁语曰："一言终身可行之，其恕乎？此圣门一字之铭也。""恕"，今邦语所谓"关怀"也。一字铭语，下得妙。思之，放翁于"恕"字深有所悟也。

（大正四年八月）

一枝花

水流不已，时移不止。风，东西南北轮流吹；花，红白紫黄交相放。

明词坛上，庄严书旗帜、执一世文柄者，乃李攀龙、王世贞也。主格调，崇高化，以所谓为阳春白雪之辞为宗旨，风靡一时，以致模拟剽窃之弊显著。终于，勃然起而排击之，倡性灵，尚清新，以真情之流露为诗词之生命，取王、李而代之，袁宏道也。宏道字中郎，与兄宗道弟中道并有才名，时称"三袁"。宗道于唐好白乐天，于宋好苏轼，名其斋曰"白苏"。可见其喜平易俊爽，斥佶屈艰奥。至宏道，霸气辣才，过其兄甚远。本为攻李、王之飞将军也，又实为袁家之白眉。季中道十余岁已作赋见才，此已超人不少。当三袁呼号，四方响应，李、王之风渐息，公安体独行矣。以三袁为公安人，即目为公安体。作为公安体之徒，喜清新之余，睽古离常，戏谑嘲笑，间杂俚语，及至文章诗赋之道，为空疏鲁莽之辈所便，识者病之，钟惺、谭元春唱幽深孤峭，竟陵体（钟、谭同为竟陵人）虽殆掩公安体，然倒李、王之功实不可不归三袁也。

吾邦汉文学，自徂徕荻生[1]氏大开。徂徕力排和之习气，

---

[1] 荻生徂徕（Ogyu sorai 1666-1728），江户中期儒学者，名双松，字茂卿。初学朱子学，后倡导古文辞学。开办家塾萱园。门下有太宰春台、服部南郭等。著有《译文筌蹄》、《萱园随笔》、《南留别志》、《政谈》等。

倡古之文辞，平安朝以来之陋弊，一时被抉摘扫荡。其功本甚大矣。唯徂徕所奉乃李、王之说，以拟古修辞为宗旨。于此，谓徕翁与其二三高足弟子有天才真学则可，至其末流，一味为侏离不通之文，而昂昂焉以自高，实可笑可厌矣。徂徕死后五十余年，北山本氏起而捣其虚，急言疾呼，警世惊人。北山实宗袁中郎也。

此前，邦人爱中郎者非无有也。如深草之元政①，事亲孝恭，持律严重，思之，且以中郎有所儇薄之文不当爱而爱之。又中郎集之覆刻，元禄年间有成者。乃知爱袁氏者先于北山者存之不少矣。

然而，当萱园之学盖世，虽有爱中郎者，然有勺水无奈猛火之状。当北山崛起，著《诗文志壳》，戟手怒骂，萱园之学威既衰，徕门文运将近末时，如挫朽击腐，徂徕之故垒忽毁，而北山新帜高扬。天地之运，四时之序，功成而去。李、王之才不拙于三袁、钟、谭，徂徕之说不劣于北山。风，轮流吹；花，换代开。

袁中郎波及彼邦此国文苑之力迹如斯，此人风流韵雅之好甚厚，著《瓶史》一篇，记瓶中贮花，案头赏春之趣致。自此之后，张氏谦德之《瓶花谱》、李氏笠翁之《闲情偶记》等，虽有说瓶花者，然以中郎之书居最先。其持论，高尚而不繁琐，绝无匠俗之气，可供欣赏。思之，文雅之士，谁不爱花，既爱花，插之于瓶中，亦为自存之数。然自古无说瓶花者，至中郎始有书。此可称奇矣。

---

① 元政（Gensei 1623-1668），江户前期日莲宗学僧。石井氏。仕彦根藩主井伊直孝，致仕后隐栖京都深草，守律不出，称深草上人。长于国学，好和歌、茶。著有《扶桑隐逸传》、《元元唱和集》、《草山集》等。

我邦瓶花之道，渊源于护命僧都、明惠上人①等，虽先于中郎《瓶史》之先者甚远，然所谓"抛入②"一派，则受袁氏影响。浪华钓雪野叟③所撰《岸波》二卷，称"抛入"花书之祖，中引《瓶史》者甚多。袁氏与"抛入"之关系可知。而北山序于此，可谓因缘藕丝相牵连。钓雪后数十年，名古屋之士舍人武兵卫，于瓶花之技自成一家，号"道生轩一德"，创"靖流"。自称本与袁中郎之风。今又有称袁宏道流者。于此，我邦插花家中有袁氏儿孙。此亦觉奇矣。

有《瓶史》，有《瓶花谱》，彼邦韵士才女，自然解瓶花之佳趣。然诗文杂记中，关于瓶花者甚稀。抑或彼邦士女爱瓶花不及我邦士女。然顷者偶于书中读得一美人善插花，可知中郎之言并非仅案上空词矣。

美人姓周，名文，号绮生。嘉兴人。虽隶籍曲中，有才有学，非寻常路花墙柳。解诗，奉佛，好瓶花自娱。后虽得以落籍，因身属非偶，心窃不乐，衣任敝，容随悴，晨夕一炷香，佛前密祈死。未及，悒郁而卒。胸中之秘偶尔寓于诗词以泄之，虽无定知。但佳人薄命，抱难伸之恨；黄土无言，瘗不散之悲。袁中郎有伤其逝诗，曰：

溪头曾见浣春纱，
珠箔于今天一涯。
紫陌重邀千宝骑，

---

① 明惠上人（Myoe shonin 1173-1232），镰仓前期华严宗僧人。师事高雄山文觉等人，出家。学习华严、密教。栽植荣西由中国带来的茶树。著有批判法然净土宗的《摧邪轮》等。

② 花道样式、手法之一。少人工加工，崇尚自然之态。流行于室町末期至江户中期，是现代插花之底流。

③ 查未详。

青楼无复七香车。
美人南国湘水空，
处子东邻是宋家。
记得西廊香阁里，
瓶花长插一枝斜。

花，不知是何花；瓶，不知是何瓶。然绮生所插一枝芳姿，其人逝于云外之后，犹浮于中郎之眼前，末二句可知其余情脉脉。吴江有沈珣者，赠绮生二绝之一曰：

十里虹桥柳万株，
白苹红叶满清渠。
自今管领秋江色，
总属风流女校书。

可见绮生少俗气而风流有余。又，海盐姚子舜当绮生移居时有赠诗，中有一联：

瓶花携旧蝶，
邻树换新莺。

"瓶花携旧蝶"一句，无疑甚有巧趣。且绮生平生爱将佳花插雅瓶，中郎写出所谓"喜明窗净室，破颜为笑"，可谓情致生动。瓶花之道，绮生可学乎？中郎可教乎？时代悠久，今虽无由可知，然韵士、美人，雨日之茶，雪夜之酒，瓶花数枝，欣赏姿态之美；新诗几字，欢晤情趣之妙，何其乐矣！

(大正四年十月)

炉边情话 LUBJANQJNGHUA
幽情记

楼船断桥

竹枝之调，本起于巴蜀，其所谓竹枝，当歌时，众相随和，以作"竹枝、女儿"之声故也。以唐皇甫松"十四字体"示之如次：

> 山头桃花（竹枝）谷底杏（女儿）
> 两花窈窕（竹枝）遥相应（女儿）

又以其人"二十八字体"：

> 门前春水（竹枝）白苹花（女儿）
> 岸上无人（竹枝）小艇斜（女儿）
> 商女经过（竹枝）江欲暮（女儿）
> 残食散抛（竹枝）饲神鸦（女儿）

如是也。因此，"竹枝、女儿"似吾邦《御袈裟歌》之"嗬吆，呀特呼嗬哪"，或《追分歌》"嗦哎嗦哎"，别无意义，只是随和之声。蜀地有以"竹枝、女儿"和歌之俗。因此，词人常以咏蜀中风景情致者为竹枝，以致成为一体之名。故唐人所作竹枝，皆言蜀中之事，及成一体之名，"竹枝"名随之转意，犹如乡谣俗歌、民间俚诗。后人效其体，于各地作之，以致称为某州竹枝、某城竹枝等。竹枝之体制，或如七言绝句诗，或不拘平仄，或如拗体绝句，而其风骨，系地言情，质俚中寓纤巧，放荡而尚蕴藉，虽不是堂堂风雅之作，然若非才士慧媛者，未必易作矣。

元末明初之才人杨维桢，字廉夫，号铁崖道人。山阴人。母月中梦金钱入怀而生。少聪明，父宏器之，筑楼于铁崖山中，绕楼植梅，聚置数万卷书，去其梯，使之楼上诵读五年。于此，维桢学成诗立，元泰定四年中进士，因狷直忤物，以致大不得志。未几，世乱元亡，隐于诗酒不复出世。明洪武二年，太祖召诸儒制礼乐之书时，遂以翰林詹同召之，令其奉币诣门，而维桢谢之，云："岂有老妇行将就木再理嫁之事也？"翌年会帝复以有司敦促之，诣都，俟编纂叙例略定，立乞以骸骨。曰："皇帝使维桢竭吾所能，不强竭吾所不能，则可，否之，唯蹈海以死。"以此语表不能留，以使达其志。明大儒宋濂，赠还其山诗句："不受君王五尺诏，白衣宣至还白衣。"盖高之也。铁崖实仅才人乎？可谓高士也。

铁崖善诗，名掩一时，所谓铁崖体之目，因以而起。赖山阳[①]著日本乐府，论铁崖古乐府曰："新异可喜，然仅聚典，或挟牛鬼蛇神以眩人，其实浅易，与二十一史弹词相去无几。"言甚苛酷，至其"与弹词相去无几"，山阳之啄，盖过长。张简之师张雨，称铁崖古乐府曰："出入少陵、二李间，间有旷世金石之声。"宋濂曰："铁崖之诗，震荡凌厉，鬼设神施。"二家之言，赖氏之评，相距何其远也。山阳之

---

① 赖山阳（Rai sanyo 1780-1832），江户后期儒学者，史家，汉诗人。名襄，统称久太郎，别号三十六峰外史。长于诗词。著《日本外史》、《日本政记》、《日本乐府》、《山阳诗抄》等。

意，盖压杨廉夫、张光弼诸人，欲驾其上也。其不扬铁崖，犹如泷泽曲亭①不扬建部绫足②、井原西鹤③，自非公论也。

铁崖善诗，善文，又善书，善音乐。好吹铁笛。聂大年有题《廉夫集》诗，句中有一联：

> 金钩梦远天星坠，
> 铁笛声寒海月孤。

即道出投胎之异兆和入云之妙音。避乱居松江时，所蓄四妾：草枝、柳枝、桃枝、杏花，皆善音乐、舞蹈。铁崖与此等侍儿每乘画舫，恣意所之。笛声、歌声，或琵琶声、檀板声，山容、水容，或含笑之容、起舞之容，而诗兴，而酒兴，一豪快狂傲风格之韵人，当天破无由补、邦覆遂难扶之时，荡然自放之状，可想见矣。铁崖之铁笛，字之"铁龙"。又偶得苍玉箫，呼之"玉鸾"。铁崖友顾德辉有《玉鸾谣》"七古"，即为此而作。铁崖一世为缙绅、才俊所仰视，其友李孝光、张羽、倪瓒、顾德辉、卜思义、郭翼等，闻人甚多。读此等人集，知铁崖足多矣。铁崖所著，有《东维子集》三十卷，其文则文从意顺。宋濂称之曰："其论撰如睹商敦周彝，成云雷文，而寒芒横溢。"《古乐府》十卷，

---

① 泷泽曲亭，即泷泽马琴（Tkizawa bakin 1767-1848），江户后期剧作家。师山东京传，标榜劝善惩恶，主张雅俗折衷。代表作有《南总里见八犬传》等。

② 建部绫足（Tatebe ayatari 1719-1774），江户中期国学者，画家，俳人。俳号凉袋。画号寒叶斋。著《本朝水浒传》、《西山物语》等。

③ 井原西鹤（Ihara saikaku 1642-1693），江户前期浮世草子（世俗小说）作者，俳人。作品描写社会人间百态，极具特色。代表作有《好色一代男》、《好色一代女》、《好色五人女》等。

《乐府补》六卷，论者谓："虽或为后人所诟病，其别调逸情，亦为天地间不可磨灭之文也。"总之，维祯乃一代之雄，诗文各为敌人所诃诋，其不可容，即可见其大矣。

铁崖厌元末诗格之纤细浮靡，矫之过其直，虽竹枝当不可作，然才人多情，其所为往往出人意表，作西湖竹枝数章。今录其三章，曰：

> 劝郎莫上南高峰，
> 劝我莫上北高峰。
> 南高峰之云，北高峰之雨，
> 云雨相催愁杀侬。

> 湖口楼船湖日阴，
> 湖中断桥湖水深。
> 楼船无舵是郎意，
> 断桥有柱是侬心。

> 石新妇下水连空，
> 飞来峰前山万重。
> 妾死甘为石新妇，
> 望郎忽似飞来峰。

南北之峰，楼船断桥，秦王缆石之石新妇，一朝飞来之飞来峰，皆西湖所有。烟花地之情趣，温柔乡之风景，如画如诗。令异邦人未履其地、未入其乡者，犹能有上红楼、面翠蛾之思。可见当时佳人才子如何动心荡怀，和者之数何其多也。就中，吴郡薛氏有二女——兰英、惠英，见铁崖《竹

炉边情话 LUBIANQINGHUA
幽情记

枝》而笑：西湖有《竹枝》，东吴亦非无也。乃效其体，作
《苏台竹枝词》十章：

> 百尺楼台倚碧天，
> 阑干曲曲画屏连。
> 侬家自有苏台曲，
> 不去西湖唱采莲。

> 杨柳青青杨柳黄，
> 青黄变色过年光。
> 妾似柳丝易憔悴，
> 郎如柳絮太癫狂。

> 姑苏台上月团团，
> 姑苏台下水潺潺。
> 月落西边时有出，
> 水流东去几时还？

余今略之。铁崖见雪女词，大爱其才，题二诗后称赞
之。录其一，曰：

> 难弟难兄并有名，
> 英英端不让琼琼。
> 好将笔底春风句，
> 谱作瑶筝弦上声。

人既耳新于铁崖，又瞠目于薛女。钱塘女子曹妙清，善书，能琴，亦和之曰：

> 美人绝似董妖娆，
> 家住南山第一桥。
> 不肯随人过湖去，
> 月明夜夜自吹箫。

第三第四句，暗自持高。铁崖有答此诗。同为钱塘张妙静，善事，知音，亦和铁崖。今虽厌繁不录，然铁崖一唱，和者并起。不唯令才子之风流，又令佳人涌慧思，传至今，徒遗雅韵之话柄。杨升庵《丹铅总录》卷二十记："杨廉夫《竹枝词》，一时和者五十余人。"可想其动江湖视听盛矣。而后游西湖者，动辄仿作《竹枝》。故明黄周星诗有句云：

> 竞相西湖咏竹枝，
> 廉夫亦可殢情痴。

廉夫一时之风流，传至几百岁。诗入人心者，何其深矣。

（大正四年十一月）

狂涛艳魂

　　明末清初，天下鼎沸，流贼蜂起，剑光马尘，民不聊生。英豪俊伟之士出其间，扬前明之遗烈，添新清之奎光，亦甚多矣。明覆于李自成，李亡于清。朱氏之统将亡才存之当时，挺身称义、只手回颓澜者，乃国姓爷郑成功也。学有余而力不足、国既亡而身完节者，梨洲黄宗羲也。虽命悲，宗羲亦明末之英也。自视孤忠未死之人、人看寥天只影之鹤者亭林顾炎武，负杰特之天资，积惨淡之苦心，论必据实，言无空泛，与阎若璩共起精核之学风。堪称清初之伟也。潜邱阎若璩，亦清初之俊也。性钝口吃，身弱病多，发愤苦思，心地开朗，颖悟异常，终至一代大儒。攻证辩核之学，由顾、阎大开。其他如魏禧、汪琬、朱彝尊、侯方域之于文章，梅文鼎之于历算，孙奇逢之于理学，沈荃之于翰墨，明敏奇隽之士，出于革命之际者，不暇枚举。周亮工亦实为当时一明星，芒光银影，至今犹存者也。

　　周亮工，字元亮，先世金陵人，以久居栎下，故号栎园。少有学历文采，为崇祯庚辰进士，授潍令，后以守城之功擢御史。唯时属明之末造，不久京师为李所陷，无方而归乡居。清顺治二年，清师下南京，明福王降清，亮工遂思明之复如何不可，力仕清以安民矣。

　　亮工为治，以身保民。因此民受其惠，黠猾者亦渐至不负。清甫定八闽，民犹怀旧而不服新，帅府对乱其特治之泉州十四寨之居民，欲以兵屠剿。亮工力争掩护，以此免于难。且其为人也，刚方严肃，奸豪不得不畏避，诚为百姓之好官也。然为人诬告弹劾而得罪之时，考治搒掠而不惧。从元亮者数百人，大呼曰："公忠直，何罪之有？"慷慨号哭，逮而入都，追送数千里。元亮被诬，论劾二度，盖皆因为民除害，抉摘用事者而招其憎妒所致。元亮所为无病。卒时，年六十二。

王丹麓所著《今世说》卷一记："亮工方颐丰下，目光如电。性严岸，居官，不肯假借官里之人，好嘉后进。常置一簿于座上，与客言海内人才某某，辄疏记之。官辙所至，山陬海澨以读书能文有名者，必枉车骑过之。有可致者，即为拂席开阁，或又进其知所，耳目之间，不遗一士，然后称后快。得一善，力抽扬之，惟恐不及。"在闽时，为没而不能葬之穷诗人赵十五、陈叔度出俸金葬之，筑墓浇酒，爱才怜士之情，实足可想见矣。

又其卷二记："亮工按察八闽时，至寇警。所在城堡，常四面火起，钲鼓之声动地。然亮工不少惊，施设有序，指挥得当。临阵殪敌，长啸如神人。"

卷四又记其被诬甚危机时事："周雪之夜，坐于室中。狱事正急，铁衣周罗户外。方与黄山吴冠五共为诗，漏下数十刻不止。"又记："又尝坐狱堂下。健卒狰狞立，银铛累累，呼声如沸。周在其间乞纸笔，作三十三绝句。"亮工之量不亦足称乎？当亮工被谗几死，父赤之对客曰："吾甚念之，然吾无足使生平一念之吾子死，吾子又类吾，于理不死，其行当雪。"言自若，父之识不亦足称乎？

周为人如是，徐有介评称曰："周子秋月澹面，春风扇人。"申凫盟慕之道："未晤元亮，未睹沧海，是生平两

阙。"至福建黄虞稷，品藻甚详，称扬具至。曰："周元亮，吏事精能，服戡残暴，如张乖崖。其屡更盘错，乃别利器，如虞升卿。其文章名于世，为后进领袖，则如欧阳永叔。其博学多闻，穷搜远览，则如张茂先。其风流宏长满客座，则如孔北海。其心异好书，性乐酒德，则如陶渊明。其敦笃待友朋，信心不欺，则如朱文季。其孺慕终身，友爱无间，如荀景倩、李孟元。其登朝未久，试用不尽，如范希文。而遭谗背谤，坎壈挫折，又如苏长公。"亮工好人品，有能，有德，有才，有学，风流可知也。钱牧斋跨明清二朝，一流大官，海内文宗也，然亦称亮工，言亮工为人，孝亲，忠君，岿然巨人长德也。且扬其笃于朋友，为故人门客所仰慕。亮工诚可怀之人也。

亮工不仅既善执政务，又兼堪武事，且心细多趣，巧于诗文，有《赖古堂集》十二卷，嗜绘画，有《读书录》四卷。篆籀之文，玉石之印，欣赏字妙刀奇，有《印人传》三卷。多记文艺杂事，间及戏曲韵话，使后人因之以考，有《因树屋书影》四卷。其他撰述不少，盖至数十种。

栎园之为人实如是。既情厚心深，自当哀情天恨云之重叠，叹想海愁波之渺茫。读栎园诗，果有一事令人思之，有情人理应如是哉。

事关栎园之爱姬王氏。王氏宛丘人，父以老诸生略知文字，作韵言。年甫十六，自归栎园，凤慧渐发，新悟日多，能诗，解佛，拔寻常一样脂粉者流数筹。栎园守青阳城时，从之居于矢石间，又栎园自庚至辛，由相、怀入燕京赴北海时，于烽烟惊心、雨雪浇面中，马上追随数千里。尤其栎园受围北海城时，栎园困苦气犹豪，权宜治军事，日开门转战，夜谯楼剪灯，赋诗遣怀。此自是丈夫事，然犹且足异者，王氏立其间，花颜瘗于旗影，柳姿萎于鼓声。栎园每得诗，自必和之，修罗之苦痛，缓于风雅之襟怀。此真女儿之境界，殆属难能可贵。于剑光耀日胁人眼、马尘扬月污夜梦之战阵中，横槊赋诗之文人，妆笑和韵之美姬，既是其可悲可伤之境，又是足画足谈之景。

如此道来，鸾凤交鸣，琴瑟甚和，花好月圆。然彩云易散，明星辄没，王氏伴栎园七年，年仅二十二，病死于维扬官署。其将绝命时语，堪显王氏之为人。王氏执栎园手曰："妾为情累，誓不愿再生此世界。幸得祝发以比丘尼葬之。君城上诗，愿书一纸，与妾所和并置诸左。茗碗、古墨与素所佩之刀，置诸右，覆以观音大士像，左手持念珠，右手握君名及所赐有学陶字之小玉印而逝。幸以佛力解脱，再无情界轮回。"情深心常苦，爱炽愁何尽？王氏不愿再生此世，又时时念栎园而言语痛切，可推知栎园当时之悲苦。

姬死后三载，栎园犹不能忘，数数相见于梦里，觉而作诗哭之，亦胸塞不能成句。无常之世，有情之人，契短思饶，栎园自当不能忘。此乃己丑年，清顺治六年事。此时，天下既为清所有，明将亡，犹存永明王一缕之脉。郑成功忠义，以一木支将倒之大厦，大势虽定，铁石不屈，画策甚力，慷慨不休，时苦斗得胜，则如爝火得风而扬起焰矣。顺治二年，南京为清所陷，三年，福建亦陷，四年，成功以功赐国姓，号国姓爷，五年，成功拔漳州，势稍振。六年，明永历三年，成功率众来攻，栎园既为清官，不可不以兵守之。备军马器械，理城壁堑壕，防御无少息。成功本海师芝龙子，水军既为其所长，守者亦难忽于水上。栎园乃督师于海上，亲自出入于晓烟暮潮间。

其夏，栎园一日在战舰，云惊风暴，波涛镗鞳，海鸟悲鸣，天如墨，四顾溟溟漠漠，水淹龙六合，乃最恐之魔日。

一天之暴，四海之乱，明清发喊，举箭叫，日光暗，南北飞
怒进恨，势如激涛。今世之态，此日之状，攻者勤王，彼何
恶也？守者为民，我无非也。唯运蹇时睽，世不稳，风急水
动，海不平。实出于无奈也。人在世亦无几干，天霁海静，
和乐之日何其少也。风妒波嗔，惨苦之境何其多也。因不厌
现世，思恋亡人，忆念王氏，悲切不已。云暗天黑，于海潮
汹涌之船舱内，闻风吼浪吟，物体轧轧有声，心情暗结之
时，王氏之亡灵遂显原型。栎园自记曰："遂有魂来，握手
涕泗，俨然如生。"王氏魂果来乎？栎园之思凝而成形耶？
人唯信栎园语可也。栎园于此感而有诗，七律八章，历然存
至今矣。其一曰：

> 波涛铠鞑客心降，
> 远梦无烦待夜釭。
> 芳草路迷烟漠漠，
> 云车风转水淙淙。
> 衔木精卫宁知阔，
> 滴珠鲛人竟欲双。
> 踟蹰询郎战苦处，
> 乌龙江透白龙江。

　　王氏亡魂来当白昼，故有第二句。"芳草、云车"一联，
写彼与此，幽与明，颇有趣味。精卫、鲛人之故事，用来不
浮。"乌龙江、白龙江"一句，地虽隔异，然取道远路咫尺，
可谓极富妙趣。其四曰：

香粉茔中葬佩刀，
月明起舞鬼能豪。
新铭嘱记前金粟，
小传欢携旧学陶。
百雉城高白浪惊，
鸳鸯梦冷忆江皋。
依稀更见帷中面，
玉步声摇大海涛。

　　"葬佩刀"句乃实事，"月明"句是假想。王氏自称
"金粟如来之弟子"，因有第三句。携学陶印而逝，是第四
句。"白浪"，河名，栎园与姬共笼之城西。末二句写今日
之情景。其六曰：

海天漠漠旅魂招，
聚散来潮与退潮。
莫忆房中调绿绮，
犹闻城上击金镳。
相怀马瘦烽烟直，
齐鲁车轻冰雪瀌。
往事同伴从难问，
白杨树下雨潇潇。

　　自"莫忆"句至"齐鲁"句，叙同姬艰难相随。至末
句，怃然长叹，感悲情惨惨。其八曰：

众香国里水仙王，
薜荔裳垂碧玉珰。
草色孤坟新白下，
箫声明月旧维扬。
依违梦不离江渚，
辛苦魂能认海航。
赠尔冰丝千万尺，
一丝更莫绣鸳鸯。

　　白下、维扬，皆实际地名。末二句虽凭虚，然因王氏慧刀断情、佛刀成悟之誓愿而构词。八章诗皆佳，今厌烦略其余。栎园如何深爱王氏乎？言誓不再生情界，颇为有味。至于思之忽逢于海上，亦颇有趣。

　　　　　　　　　　　　　　　　（大正四年十一月）

玉 主

……………………………………

燕山美人，名刘凤台者。于众多桃媚柳娇之丽人中，新月之眉纤而且匀，初花之唇红而又包。年嫩色优，见之自胜一筹名女亦避之在其侧。且歌声欺黄鹂，弦调遏天云，净几执笔，小室运针，万般事皆巧，一心贞且固。轻抛千金，欲得君片颊之笑者，不知其数也。然亦有缘，自某一日与福清林丙卿相会，风力犹外诱，蝶意已内定。丙卿家富才高，风流华奢，驰名识面于香围粉阵中。眼高，金盆不欲贮凡花；心远，玉盘以期盛明珠。以往，无一寄思之人，一旦见凤台，喜素愿竟遂，觉红绳暗牵。痴情难已，遂纳之。女貌郎才，两两相当，琴意瑟情，双双克谐。二人如何乐也？九枝银烛，喜悦生辉；七辆香车，希望满载。自入舆之夜，鸳鸯翼交羽，菡萏花并蒂。寐起唯此笑，酒茶尽皆春。情天晴丽，爱日长暖。然非仙家之苑，无草不逢霜；因属世人之运，任情亦有时。丙卿有事，客居吴、越间。

自君出，只从古歌中耳闻之"珠翠暗无光"等词语，今已现于目前。凤台自夫出旅，懒对妆镜云鬓乱，独守红闺夜灯细。情难遣，言无由。愁不知尽期，欲诉而无道矣。瞻天之彼方，星桥闪光；思人之行旅，暗路遥远。惟旦夕流泪，为此，玉颜悲而失泽，柳腰忧而增瘦。蝶翅不堪秋，风削银粉斜阳寒。可怜刘女，思夫日憔悴，终于香魂渺渺落黄泉。

丙卿无由知此事，山河迢迢梦唯通，云树杳杳心暗伤，

旅路之涯，中夜魂魇，一朝悲到，得讣，愕然掩面而泣，空身驰归。比目鱼剩孤影，双栖燕空半巢。中心寂寞，弦断难续，歌断已休。生别既哀，死别亦苦。焦悲无由排遣，为表绵绵无尽之情，以玉造主。彼国之习，用玉祭亡人，玉即神所依也。用栗木、桑木为之，安置于宗庙、家庙，并供物致心以为祭。此方之俗，立牌位，即主。丙卿多捐黄金，得大白璧，磨砻经日，造型美好。璧光润辉，胸暗黑沉，镂名刻字。金刀未下肠先断，着手方觉功难成。又增镌长短句一首，有句曰：

随郎南北复西东，
芳草天涯堪绕遍。

丙卿此玉主不离身，以匣代锦囊装之，如持佛。朝夕相随，山水不弃，旦暮恒搔抱。世虽钟情人多，而此例未闻。或有聊嘲者，又有怜悯者，成一时谈柄。还魂香烟黯伤神之汉君，遗爱玉簪悄垂泪之唐帝。恋恋思难已，英主亦愚；恻恻情无尽，诗人欲狂。观物有感，酒前流涕；睹影惊窹，梦后犹惑。长在故家，忆昔不堪其苦，不如宁游他乡，吟于新境之途。丙卿遂作苍梧万里之行。

蟋蟀啼霜茅店之夜，灯火青，玉主白。骕马嘶月山路之晓，悲风落襟，寸怀冻馁，旅路有何乐？然欲归不能归，驿驿积数，随抵彼名甚高之大江边。汪汪之水万古流，茫茫遥望对岸低。任由劝舟者，将凡身投于篷底，风雨交加，愁人祸至，此乃烦恼俗世之常态。丙卿所乘之舟主，险浪里捕好鱼，涡流上挥辣腕，乃一可怕江贼矣。

读书人如何敌得刀血之人？可怜丙卿，财物悉被夺，身命亦遭亡。天边星默、江上水玄之夜半，杜鹃鸣而不归，声音暗消去。孤沤无寄，无形流逝。虽有谚曰"天知地知"，然可见无亲无子之人，幽魂无力含冤毕，朽骨不言吞怒灭。

兹有苍梧司理，睡在官阁，无梦无显而美人自来。蛾眉含颦，星眸带怨，长袖遮羞，素衣藏怯。如言如诉，忽然消泯。醒而阴风犹绕身，肌粟立起，怀间顿寒。惟感环珮之响遗耳，呜咽之态在眼。此非寻常，亦非神迷，遂起而出视之，只见天淡灯尽，夜静渐明。思之，此非幽魂告冤？乃多捕不良者来，严加纠询。中有陈亚三者，有玉主。司理见之，愕然而惊："此乃吾旧友林丙卿之物也，慕亡妻而美造之，知其携不离身也。此奴何有此物乎？"责鞫之，终得其实。陈罹罪，其事果。此以"粤西奇谈"成俗世之故事。

死生幽渺，美人显冥魂救夫冤魄，卒难道也。唯人情所至极者，亦不应为人理所悉尽者乎？竟有此奇怪事矣。

（大正五年一月）

炉边情话 LUBJANQINGHUA

幽情记

碧梧红叶

　　唐诗人顾况，性诙谐，虽王公贵人，亦戏侮之。纵有轻薄之嫌，亦为一种逆才。此人某时与词友共游宫苑近郊，坐于流水之畔小憩。见一大梧桐叶漂来，猛见叶上有文字。取而视之，笔墨婉秀，不知谁家女子题诗一首：

> 一入深宫里，
> 年年复见春。
> 聊题一片叶，
> 寄与有情人。

　　水贯禁宫而流出，可猜知居于九重云深之美人，之所以不堪春愁也。诗人本有柔情，自古痴者多戏意，见此焉能不予置理。况次日至其流之上游，亦题诗于红叶之上，放遣波中。流缓风微，春日长闲，碧圭漾漾载蝶而逝。诗曰：

> 花落深宫莺亦悲，
> 上阳宫女断肠时。
> 帝城不禁东流水，
> 叶上题诗欲寄谁。

其后十日余，有人寻春而游，又于叶上得诗示况。其诗曰：

> 一叶题诗出禁城，
> 谁人酬和独含情？
> 自嗟不及波中叶，
> 荡漾乘春取次行。

"取次"，意如次第。原唱之美人、酬吟之奇士相遇之趣，故事述说至此乃至，反而有余韵。此乃唐人所记。顾况，肃宗、代宗时人，相同事世各有之。"桐叶题诗"事之后，几经岁月，唐僖宗时，有"红叶结缘"之谈。

僖宗时，有名于佑者，一夕漫步于宫城附近，正逢秋风吹下、万物摇落之时。千里羁旅之客，感怆亦多。临御沟之流而洗手，望浮叶续续流下，其中有一大叶，色美而红艳，见叶上有文字，取而视之，果是笔迹。奇之，遂读而成四句诗也：

> 流水何太急？
> 深宫尽日闲。
> 殷勤谢红叶，
> 好去到人间。

佑得而持归，蓄于书笥中，旦夕开而诵之。赏其诗意之有趣可怜。不知作者是谁，爱思之余而陷于未见之恋。念红叶题诗之主，魂牵魄绕，身如委蜕，精神恍惚。朋友知之讪

笑，谏曰："题诗者非有意于人，得叶者仅出于偶然。纵然致以思慕之诚，深宫禁苑，何以得通路？愚不可及矣。宜止。"然迷人不复醒，却斥人言："天虽高，卑可听其传，王仙客①得无双，志诚则可感古生。人苟有志，天亦不怜乎？"终不翻思，自题二句于红叶之上：

> 曾闻叶上题红怨，
> 叶上题诗寄阿谁？

遂将所书放于御沟上流，欲使之入宫人之手。有笑其愚者，且怜之而赠诗曰：

> 君恩不禁东流水，
> 流出宫墙是此沟。

彼邦之习，试而得官。佑数度应试，不幸屡落第。青云路不通，黄金囊既空。不得已遂依何中贵人韩泳之门馆，得钱帛稍自给。虽无绝意于进取，然荏苒过去。一时，韩泳召佑，曰："朝廷有旨令宫人各自适于人。有与我同姓之韩夫人，今已出禁庭在吾舍。然我子无学命薄，心良运拙，逾壮而孤苦，日比凄然。韩夫人所有，不下千缗，年才三十，姿色甚丽。依吾言欲妻于子，不知子意如何。"

因所思叶上题诗之人乃畴昔之事，于佑谢恩而从其言，乃通媒妁，进羔雁，礼仪无缺，遂举婚宴。华烛之夕，于佑喜之如梦，箱奁甚厚。姿色殊艳，贫儒何得如是？吾自疑也。既久，韩氏于佑之书笥中，见红叶题诗，大惊，问：

---

① 南戏《王仙客》（作者不详）中的主人翁。

"此吾所作也，君何得之？"佑如实以告。韩氏复告曰："吾亦于水上得红叶。"遂开箧取出。佑见之，乃自题之诗也。夫妇相对，惊叹良久。事岂偶然耶？契恐宿缘也。益增今日敬爱之情。韩氏曰："吾有得红叶时所作之诗，君请见之。"遂由箧中取出，诗曰：

> 独步天沟岸，
> 临流得叶时。
> 此情谁会得？
> 肠断一联诗。

韩氏又作一首语韩泳，曰：

> 一联佳句题流水，
> 十岁幽思满素怀。
> 今日却成鸾凤友，
> 方知红叶是良媒。

天下传闻，无不叹异。韩氏以宫人之故，天子亦闻之。宰相张睿泳长诗赋之。话柄长传，为今"姻缘天定"说之料。祝长生作《红叶记》；王伯良作《题红记》等曲，俱由此故事增饰而成。

唐范摅《云溪友议》载宣宗时卢舍人之谈，宋孙光宪《北梦琐言》载进士李茵之事，皆同此谈。今所记依《流红记》。一谈辗转，各事皆真，所憾时代悠久，不可确征矣。

侯继图事亦甚相似，记于《玉溪编事》。继图亦儒素之家，手不释卷，口不停诵。秋风四起时，方依大慈寺之楼，

炉边情话 LUBIANQINGHUA

幽情记

忽有木叶，飘然而坠。上有诗曰：

> 拭翠敛双娥，
> 郁为心中事。
> 搦管下庭除，
> 书成相思字。
> 此字不书石，
> 此字不书纸。
> 书向秋叶上，
> 愿逐秋风起。
> 天下负心人，
> 尽解相思死。

继图得之，贮箧中凡五六年。及至与任氏为婚，方知任氏尝书此诗。

此事亦自有韵趣，故不少戏曲本于此。有名《双珠记》者，第二十七出以后，亦用红叶传情故事。

流红之事，凡如是也。

宋史家罗长源笑曰："烂柯、流红、言女等事，各说不一。大抵文人说士，喜相仿撰，以悦流俗。饱食终日，无所用心，则描前拟古，甘随人后，而自不病其妄也。"此言甚妙。古传说，仅可玩赏，不当穷诘矣。

（大正五年七月）

桃花扇

孔云亭《桃花扇传奇》与洪稗畦《长生殿传奇》，俱为清初戏曲之二大明珠。而《桃花扇》叙明末之事，生旦净丑皆属实有其人，以为世之口耳心胸所亲，特喧传一时，延至百年而啧啧称之。

然传奇非正史，非实记，无碍于假事描情，由情生事，点缀缘饰，凭空出奇。故《桃花扇》虽多用实有之人，假真存之事，但其中未必悉为一味之真实，自有作者笔墨之私在也。如左宁南由走卒而为侯恂所拔擢，阮大铖出资买妓，结好侯方域，皆未必实有其事。作者偶据侯方域所作《李姬传》与代父所作《与左良玉书》，直记之以为事实。侯文甚自夸，未虑有超实者也。然本非罪于云亭，读《桃花扇》者，知《桃花扇》虽用实有之人、假真存之事，然其中未必悉为一味之真实，则可。

《桃花扇传奇》女主人公李香君，盖有其人。然并不比传奇中之陪宾卞玉京、寇白门、郑妥娘等色艺拔群，才识超伦。据传奇主人公侯方域《李姬传》，仅知其人。若夫无《桃花扇传奇》，人或说玉京、白门、妥娘，而不说香君。香君可知也。

作李香君之陪宾，出《桃花扇》之美人者三。曰卞玉京，曰寇白门，曰郑妥娘，此皆明末之名妓。卞氏，秦淮人，知书，能琴，工小楷，能画兰。居虎丘之山塘。湘帘锁

昼，檀几绝尘，双目泓然，日与佳墨良纸相映彻。与诗人吴梅村，虽无鸾凤和鸣之诚契，而有镜花相对之幻缘。《梅村集》有传玉京之面影乎？梅村有《琴河感旧》四律。其诗序诗句曰："予本恨人，伤心往事。江头燕子，旧垒都非。山上蘼芜，故人安在？久绝铅华之梦，况当摇落之辰乎？相遇则惟见杨柳，我亦何堪？为别已属见樱桃，君还未嫁。听琵琶而不响，隔团扇以犹怜。能无杜秋[①]之悲、江州之泣耶？"此盖因玉京与梅村，互有意而事不谐也。寻遇乱相失五六年，后闻卞自白下而到，尚书某公，欲为吴致之。卞乘车至，复回辕而去，托病不出，梅村徒叹奈何。卞其后数月，着黄衣，为道人装，令婢柔柔携琴随之，访梅村为鼓琴，泫然而语曰："纵然中山府故第之女入内之选，未入宫因作乱而陷不幸，我侪沦落之分又复怨谁焉？"《梅村集》中有《听女道士卞玉京弹琴》之长篇，实其时之作也。玉京此后逾二年，虽归一诸侯，而不染于心，进柔柔，自乞暇下发，全入女道士之境界。依良医保御氏于吴中，严守戒律十余年而卒。以锦树林之原野为奥城处，脱娑婆之苦，享兜率之乐。玉京厌离秽土、欣求佛地之情如何？用三年之力，以舌血书《法华经》，自为文序之。事虽为保御冥福，但使人思其归道之心醇厚。《梅村集》载《过锦树林玉京道人墓》诗：

> 惠山山下茱萸节，
> 泉响琤琮流不竭。
> 但洗铅华不洗愁，
> 形影空潭照离别。

---

① 杜秋娘的本名，唐金陵歌妓，镇海节度使李锜纳之为妾。后李锜作乱被杀，杜秋入宫，以《金缕衣》一曲，讨得宪宗欢欣，封为秋妃。

此开头四句之后为：

　　　　紫台一去魂何在？
　　　　青鸟孤飞信不还。
　　　　莫唱当时渡江曲，
　　　　桃根桃叶向谁攀？

　　至收尾四句，辞诚丽，情诚哀。桃叶，王献之所思之
人，桃根乃其妹。献之临渡歌而送之，自此，后人名之"桃
叶渡"，且属其地风流之乡。亦可谓近玉京故居矣。不惟梅
村，送玉京人道者有周肇之"七律"。卞为人如是，自应得文
人词客所爱重。

　　寇白门亦是以美鸣于一时之名妓。据闻，朱保国公纳白
门时，使甲士五千人俱执绛纱灯，照耀如白昼。虽云朱愚，
则可想寇之重也。盖当时男儿，皆以朱所为为壮，女儿皆以
寇之荣为大。清兵南下，天下遂定。及籍没明之诸勋卫，朱
家大衰，至卖家中歌女，寇亦出之。时白门谓朱曰："以妾
让人，所得计不过数百金，若放妾南归，一月间可得报万
金。"朱亦任其意，白门回旧地，果得万金以馈朱。可想姿
色才艺，一时之雄。吴梅村赠寇诗句曰："一舸西施计自
深。"可谓当指该事。

　　卞、寇二人之于《桃花扇》只不过是陪宾，无可无不
可。至于郑妥娘，作者以此作丑角，赋以可笑之形貌，课以
可陋之科白，使妥娘成丑极愚极之女。实不知作者为何意。
妥娘，名如英，才思横流，能诗，手不释卷，朝夕焚香持
诵。由此庸不知其人乎？寇、卞皆无雅情，篇什不至为集

炉边情话 LUBIANQINGHUA

幽情记

47

也。妥娘藻思最饶，如皋之冒伯麐，曾为妥娘、马湘兰、赵令燕、秦朱玉集作，为秦淮四美人撰稿。以妥娘为丑，孔云亭实妄也！贱女子虽不足论，然对之凌辱欺罔，此是何意？诗人尚敦厚，云亭之用意以浅。予不得不怀疑作者特意虐遇妥娘也。

(大正五年七月)

共命鸟

  明末清初，人才辈出，钱谦益、吴伟业、龚鼎孳，有
"江左三大家"之称。伟业号梅村，鼎孳号芝麓。芝麓，清
世祖称其"下笔立地千言，不假思索，真当今之才子也"。
梅村，论者目以有"杜牧之风情，乐天之才思"。二人俊敏
灵慧可知也。钱氏亦蔚然文豪，学问宏博，手腕圆通，擅以
词章名于天下，可谓伟也。

  谦益字受之，号牧斋，又号虞山蒙叟，亦号东涧遗老。
江南常熟人。明万历庚戌进士及第，任编修，继而或斥退，
或立用，宦途多险艰，甚至下刑部之狱。树高风自激，大官
居高位难免不安。是一，因明季朋党争阅不止。时明德既
衰，流民大炽，崇祯十七年三月，及京陷帝死，谦益休官在
野，赴南京共诸大臣议立潞王为帝。议未定，会马士英、刘
泽清等拥立福王，谦益亦随之任礼部尚书。然马、刘疑谦
益，特有阮大铖者，以谦益为敌党，甚而假事欲诛谦益。幸
而士英不欲起大狱而得以无事。立于上之帝，本无回天之大
志，当事大臣亦无扫寇之雄材，朱氏晚业终无足观。弘光元
年，及至南京陷清，弘光帝共谦益出降。

  国亡偷生，节亏任官，谦益之所行为后人所不齿。然才
能非寻常，以礼部右侍郎，管秘书院学士之事。然猝然仕清，
其心未可快，终以老病辞职，闲居故乡经二十年，于康熙三
年，八十三岁而卒。谦益一生，大略如是。享受甚多，得意

炉边情话 LUBIANQINGHUA 幽情记

实短。宦途颠顿，其立朝之荣不满五年，福分亦可谓薄矣。

牧斋之于书，自经史百家，至佛典道籍，稗官野乘，无不读也。腹笥之富，甚巨者。而当执笔临纸，纵横挥洒之。即如有万金者，当营其楼阁林园，轮奂之美，泉石之雅，随心所欲即现矣。自在丰丽，足使人叹称也。沈德潜评曰："金银铜铁，不妨合为一炉。"实论牧斋诗文得尽矣。阎潜丘斥其文："牧斋古文之名最重，独余以为不佳。盖古文宜古色，而牧斋则点染；宜单行，而牧斋则排偶。"所言能中其病。然不陷李、王之模拟，钟、谭①之诡僻，言其所欲言，流畅明达，乃牧斋之文也。又沈氏贬其诗曰："工致有余，然易开浅薄，非正声也。"亦难为过恶之言。且宗杜少陵，出入于韩、白、温、李、苏、陆，又绚烂，又老成，乃牧斋之诗也。不当以其人无节可鄙而轻其才不美也。当康熙之世，以励臣节、正人心之议，牧斋之著述诗文，虽命其尽销毁铲削，然自其《有学集》、《初学集》以下，至《楞严经抄》等，遂不亡灭。身后之灾厄，遗文之迫害，可谓牧斋之运穷而太刻，牧斋之才美却可露也。

魏忠贤得权恣意，倾陷忠良，极酷烈。东林一派，日无不被窜逐逮笞。而魏之阿附者，扇焰扬威，斥他而进身。有崔呈秀者，媚忠贤，献《天鉴录》、《同志录》、《点将录》，注记党人姓名。忠贤奉之为圣书。其《天鉴录》，首列东林之士，次列东林党者，又别录以真心为国而不附东林者。《同志录》列举词林部院青寺，列举台省，列举部属而录之。至《点将录》，以百八魔君拟东林党派之士，以叶向高为及时雨，杨涟为大刀，李三才为托塔天王。凡忠贤所恶之才能性格风丰者，尽附以宋时大盗凶贼之绰号。其中，钱谦益名

① 见《一枝花》篇。

以浪子。浪子燕青，乃梁山泊中第一风流慧巧之人。以浪子目之，谦益人品推测可知。 (谷氏《记事》本末卷七十一)

钱牧斋之爱姬，柳夫人也。舒仲光《柳夫人传》：文欲简净，不详其氏名。姬本姓杨，名爱儿，又名因，称亦是，字如是，号河东，号影怜，亦号蘼芜。不幸蚤为南京院中人。风流温雅，能画、善诗、好读书，日培灵根。其姿色之美，技艺之精，本一时冠绝，压倒三千粉黛。公子才人，争趋之，花下停车，柳荫系马，麇至不断。以与君同席交语，得拱璧，为受蟠桃之思。轻黄金以显诚，寄千篇以试才，愿

钱谦益

与君共一生者夥矣。然如是君皆不上意，惟心窃许牧斋。虞山之隆准公，古今虽未复绝，亦为颠倒一代英雄之手，服其才而重之。牧斋亦能于红灯摇影之筵，认文君之奇；于绿酒皱澜之宵，察盼盼之志。昔人常以游蓬莱、宴桃溪，不如一见好人，吾当世亦不可失此人，遂委币迎娶之。愿矣，望矣，得所，得人。金兰之好，琴瑟之情，何其浓也！牧斋筑山庄，名红豆，与姬吟咏其内，茗碗薰炉，绣床禅板，乐而度日。

红豆亦称相思子。木质蔓生，高丈余。成荚结子，其大如豌豆，色鲜红，甚可爱。岭南暖地产，中土稀之。传说昔有人殁于远境，其妻哭于树下而卒。故名相思子。其子娇美，其名有可怀之韵，唐以来诗人多咏之。牧斋山庄有此树，因此树之传说可爱，取以名之。有牧斋诗句，曰：

青袍便好拟休官，
红粉还能入道无？
筵散酒醒成一笑，
氍丝禅榻正疏芜。

辞中可见如是已非凡常粉面油头之人，可知牧斋生平茶前酒后之状。思之，如是眼前有东坡，牧斋胸间有朝云。作传者云：牧斋爱重如是之余，皆不称其名，或谓柳君，或谓河东君。今阅《有学集》，果然。当时之人，皆直称柳夫人，当是实也。

牧斋《有学集》卷第九、第十、第十一所收者谓《红豆集》。看《红豆二集》有：

此树复未开花二十年，当辛丑之夏，花开数枝。钱曾作八句，有和牧斋之作。至秋，河东君遣小童探枝，虽才结一颗子，牧斋悦之，赋十绝句，曾亦和诗十首。牧斋其时既老，然山庄闲适，诗酒优游。夏看仙葩放香，华藏含丹；秋得祥云覆树，红露凝枝，其喜可知也。况文名高于外，慧姬侍于内，推敲有朋，唱酬有人也。徐芳记曰："牧斋句就，遣鬟祢示，于柳夫人击钵之间，蛮笺已至，如风追电躔，未尝肯让地步。或柳句先就，亦走鬟报赐，牧斋毕力尽气，经营惨淡，思压其上。比出相视，亦正得匹敌。牧斋气骨苍峻，柳亦未能到；柳幽艳秀发，牧斋亦时逊之。时旗鼓各建，闺闼之间，隐若敌国。"

是盖夸张过甚也。柳夫人虽有才，未必能如是焉。然其不惭诗人之配，实有之矣。如《有学集》卷九所载《采花酿酒歌》，牧斋自记"示河东君"。凡如是藻丽富赡之长篇，柳夫人未有大文字，实不堪示之也。

虽然，柳夫人可传者，既非以其善书能诗；又非以其貌美才敏也。既非以院中出身之贱，为一代风流大臣所拔；又非以尝于鸳鸯湖舟中，令一世之仙才、词坛之长者，赋百韵诗为赠。又，既非于其诗中称扬君"瑶光朝孕碧，玉气夜生玄"，颂君降诞"纤腰宜蹴鞠，弱骨称秋千，天为投壶笑，人从争博颠"。美化君肢体，点出"薄病"、"轻寒"、"清愁"、"微笑"八字，颂君风神；又非以牧斋纳君时诗

> 银钉照壁还双影，
> 绛蜡浇英总一心。
> 地久天长频致语，
> 鸾歌凤舞并知音。

等句，亦非以喜君归钱氏，和牧斋诗者，当时名流甚多，沈景倩"回文诗就重题锦，无线衣成自剪霞"，冯定远"红叶直下方连藕，绛蜡才烧已见心。只取鸥雏为鬓样，闲调凤语作笙音。"柳如是之所以可传，别有存者也。

甲申之变，实乃明朝倾覆之初头。天子缢死，都城陷落。食明禄者，当其殉难之时也。柳如是以巾帼之身，而不为儿女之态，劝牧斋捐躯殉国，宁玉碎而不瓦全。牧斋却性质庸弱，不若如是意气之烈，以无节之人而受后人指弹。牧斋不足传，如是实可传矣。

弘光元年，南京陷，福王辄降，谦益附清被用。谦益若死，如是肯生乎？易姓革命之国，谦益或可不死，则当隐居

山谷，与麋鹿为伍。然以大臣之身，出降受官。思之，未能免清之压迫，亦为谦益可悲者也。当时如是胸中郁结，欲伸不能，难以推知。而谦益婉柔处世，文章之盛名，显贵之官历，其势不能不令上疑之，令人嫉之。其情不能不出飞谗诬、敢弹劾者也。清顺治四年三月晦日，无事在家之牧斋，忽地被征而投狱。时如是冒病卧居于蓐，闻之蹶然而起，不顾自身从行，以强吾夫之心。君无可罪之事，妾饱知之，誓上书妾代以死。若君不为所赦，愿从君于泉下。慷慨沉雄之言，思牧斋何喜矣。后自记文载："余亦赖以自壮。"狱急而牧斋自危之时，狱中禁遏纸笔，书赠无由，然钱老亦诗人，忆昔苏东坡遭弹劾时，《御史台寄妻》诗，遂和其韵赋诗，当事决身死，与河东君诀别辞，临风暗诵，不觉泪尽矣。其诗六章，今存《秋怀集》。其一曰：

朔气阴森夏亦凄，
穹庐四盖觉天低。
青春望断催归鸟，
黑狱声沉报晓鸡。
恸哭临江无壮子，
从行赴难有贤妻。
不禁重围还乡梦，
却过淮东又浙西。

"恸哭从行"一联，是说门第甚多皆无赖，家人仅独诚，以表凄冷之怀，感谢之意。狱夜，乡梦，盖牧斋执河东君手而欲泣。其二腰联曰：

> 肝肠迸裂题襟友，
> 血泪模糊织锦妻。

　　唐段成式、温庭筠等唱和诗集为《汉上题襟集》，有"肝肠"句。晋窦滔妻苏若兰，欲从夫徙流沙，于锦上织回文旋图诗赠之，有"血泪"句。以河东君比苏氏。其三有

> 并命何当同石友，
> 呼囚谁为报章妻？

一联。据石崇友潘岳，有"白首所同归"诗句，成谶，共被收之故事，有前句。王章系狱时，闻呼囚数声而减一，其妻遂悟我君不杀。此古话中有后句。"呼囚"句，牧斋当时之穷，如是平生之敏，可察矣。其四：

> 梦回虎穴频呼母，
> 话到牛衣更念妻。

　　"虎穴"，狱名。"牛衣"，王章困卧牛衣中，啼泣欲与妻诀时，妻励之："疾痛困厄，自不激昂，乃反啼泣，何鄙也？"其六章后半曰：

> 后事从他携手客，
> 残骸付与画眉妻。
> 可怜三十年来梦，
> 长白山东辽水西。

据坡翁诗《偶得妻字》。牧斋爱河东君，重河东君，由此诗可详知。河东君以婉柔之质而有凛冽之气，亦可征知。牧斋不足传，如是君实可传矣。

牧斋在狱四十日，幸得无事还家。夫妻何喜也。其后度过平和之日月，有《庚寅岁人日示内》诗二篇，乃示柳夫人也。其一末曰：

> 闺中刀尺好凭仗，
> 剪裁春色报先庚。
> 图花却喜同心带，
> 学鸟应师共命禽。

《杂宝藏经》有"共命鸟，雪山之鸟也，一身有二头"。牧斋温存之至可想。河东君亦有和韵诗二篇，其一末曰：

> 新月半轮灯乍穗，
> 为君酹酒祝长庚。

其二颔联曰：

> 地于劫外风光近，
> 人在花前笑语深。

河东君婉雅和乐之状可见。牧斋夫妻无夸于荣华，清闲度日数年。其间，牧斋晚年之业撰修《明史》，未就。有"藏书之所绛云楼一夕共化灰烬"之惨事。自此，牧斋愈潜心于佛道，贫苦度日，有负债如山之难。然一日犹得一日之安。康熙六年（或曰康熙三年）牧斋病死，而至悲风骤下，秋兰脆摧。

　　牧斋负债既多，晚年益穷窘蹙甚，不仅如此，嗣子柔弱而无才干气骨，乡里豪黠，心易慢之。且嫉钱家门高名盛，寻机相结以窥其隙。闻牧斋既殁，其辈立群起，以负债为口实，环门噪诟，或搪撞冲击，无限侮辱。大有尽夺牧斋之家产以至婢妾之势也。牧斋子心怯，如失魂魄，不知所出，惟茫然而呆矣。柳如是自牧斋逝时，已有意殉死，至是泫然起曰：“我当之。”遂语诸恶少：“故尚书尽负若曹之金乎？纵负，乃故尚书之事，于诸儿女无与。身在此，第少需之。”诸恶少闻此，思所欲可得，遂锋芒少戢。其夜，云帷低垂，暗色黑沉，如是以血书诉讼之

牍，切言诸恶少等挟势侮弱，乘忧与辱，使人急走，上置于官。而后自心静取缕帛结于项，一瞬超死生，弹指出娑婆，捐躯近于亡夫之灵床。芳魂飘扬，追牧斋之后。“学鸟应师共命禽”，偶然一句亦成谶。渡幽明，相追随，缘何深也。

　　官得柳夫人讼牍，大为同情钱家。未几，闻柳夫人死由，遂下严命捕恶少，问逼死人之罪。恶少等闻之皆逃窜，四围不敢近，事自释。柳夫人出身虽卑，存心甚烈，吴人怜之，美之。作诗作诔，多至累帙。牧斋不足传，如是实可传矣。

　　柳如是所作诗画，至今世爱重之。花颜玉容，呜呼已亡。芳心烈志，永在长存。人岂爱其美乎？实重其义，然也。

（大正五年九月）

真　真

　　花无百日香，家安可保千年荣？红紫春之一时，富贵虹之七彩。人世变换，实可悲也。据闻宋代有真西山者，其为人也，当其卒，天子震倒，为之辍朝。四岁受书，弱冠以器量非常为同郡杨圭所识。及长，果成国家有用之材，事君忠，临民仁，不仅文章学问优异，经济政治皆可观。读《宋史》四百三十七卷，其传可征。宁宗、理宗之世，宋德衰微，外患内忧共多，有才干识量者，或于保身避难之中慨然不枉所信，当其韩侂胄立伪学排斥善人正士；程子、朱子等竭一代心力，讲明圣贤之学的著述皆被禁废之时，奋以斯文自任，讲习服行之伟，为他人所不及。至党禁开解、正学遂明，赖西山之力多矣。后世称之，实有其理由。西山为人如是也。先生，名德秀，原姓慎，因避孝宗讳，改为真。仕至参知政事，死后获赠银青光禄大夫，谥文忠。生为一代大儒为人所仰望；死为圣学之功臣为后世所推服。然子之志道，仅传家学，不幸其裔不闻矣。

　　日月如投梭。宋过而至元代。元又经世宗、成宗，至武宗时，有名姚燧者。此人乃有王佐之才之大官姚枢之从子，不负宽仁恭敏、未尝疑人欺己之从父。（《元史》百五十八卷）此人亦有德有才，以文章名于时，官至翰林学士承旨，谥文公。

一日玉堂（称翰林为玉堂。本于宋太宗赠苏易简诗句："翰林承旨贵，清净玉堂中。"）盛宴，贵绅显官云集，妓女如花，铮铮奏丝竹。中有拔一世之萃者，名真真，操隔地南方之音歌之。文公讶疑，未觉此都有其人也，遂温颜问此女何方人也。贵人慈悲之语，打动孱弱女子之心，忧愁之人，易于落泪。"大人听小女口音便可知不是当地人。妾来自离此地山河遥遥之建宁。"其声悲咽。言语不同亦属自然。又问："建宁乃大江以南杳远之境，为何来此地？见汝语言不凡，究竟何人，如实道来。"同情之心似春风，吹落花露热泪流。女子俯身行礼辞之："小女子自当有姓有名，大人恕罪，妾不便明告。"包裹犹深，愧其身，匿其姓，故可理解；然有浮有沉乃世之惯例，命运之恶谁能讥之？讥之又如何？见文公言辞恳笃，女只得回言曰："听得先生仁恕深厚之语，深恐得罪。说起昔时，今日愈不堪羞惭。妾实乃聊为世间所知之真西山苗裔也。"看她言语行动，亦为逝去之大家风情。承旨愕然而惊，"哦，西山先生苗裔？大儒真文忠公之后？"真真看先生半信半疑，遂细述自己命薄之身世，泫然出涕曰："妾生此世时，本无富与贱，长在旧家，饱受父母慈爱。梨花院落春日静，燕子窥帘栊之奥，倦刺绣而亲琴，临摹完而诵诗，悠闲度日。父执公务于济宁，司会计之事，本无屈曲，不料为他人难逃连坐之罪，以窃盗县官财之可怕罪名，身系囹圄，未偿还之前，难免颈枷之悲。变卖家宅田产亦不足数。天无日愁云暗蔽，时非冬泪谷冰结。身世艰难、祸难之底，一柔弱女子，欲申无术，受尽熬煎，呼告无门。思之，当其艰难日月，妾只得以身代财，以填父债。虽无心夸璧，然落泥恨亦不尽。命薄，眉颦翠于鸾镜之前；羞多，衣妆红在凤楼之上。虽非倡家之妇，遂属梨园之工。古以孟光之丑犹得嫁梁鸿，思之自身，徒叹奈何，羞惭不

已。"人之真情响于胸间，恻隐之心，慷慨之念，油然勃然如泉涌云起。文公仰天而叹："祖宗有隆德，儿孙何菲运？上帝何不酬德与善乎？我欲救此人，遂觉冥虑发动。喏，我不能冷眼旁观。"遂遣使白于丞相三宝奴（三宝奴，武宗帝大至三年时丞相），削籍使获得自由。且择其年齿相当之翰林属官黄逮（一曰玉汰）者，官虽微，人品好，曰："汝无妻，与此女，吾即其父。"黄喜而领承。

今日之庆大大异于昨日，真真遂成文公义女。公慈恩钓台长柜，婚仪赍装满辉，终为良士之妇。郎今虽未显贵，出无车马，妇亦有教，不厌旦火夕水之劳，甘于荆钗布裙之清贫，喜脱琼筵绮席之虚荣。鹦鹉不恋黄金之笼，鸳鸯独喜青潭之栖。睦语经年，男后渐至显官，白头与共，和乐终生。

此事出自《员谷笔谈》。明贝琼字廷琚者，作《真真曲》赋之。其中有句曰：

> 琵琶感商妇，
> 老大犹西东。

实为白乐天浔阳闻商妇琵琶而叹息之事，以悲而始，以喜而终，闻者欣快。西山先生之德使然耶？姚文公之理使然耶？贝氏云：此乃天矣。诗有句曰：

> 时多困坎坷，
> 事或欣遭逢。
> 焉知百尺井，
> 欻登群玉峰。

60

不惟贝廷琚一人，明著名诗人高季迪，亦曾咏此事。亦伸亦屈，时运春秋，有开有落，梅终为梅。霜雪后发，疏影暗香，乃非凡之花也。西山先生，心正行端，考其本传，有谓"容貌如玉"者。真真人品亦可想而知矣。

西山先生有答"人之仁"之问也，曰："凡天下至微之物皆有心，发生皆自此出。禀受之初，皆得天地发生之心以为心，故其心无不能发生者。一物一心，自心中发生生意，又成无限之物。如莲实之中有谓'幺荷'者，俨然成一根荷也。他物莫不如是。是之故，上蔡先生（谢良佐，字显道，程子门人，所谓上蔡学派之祖。其学以人为本。人或谓，陆象山之学源于此。）以桃仁、杏仁比之。其中有生意，故才种便生。惟人受中以生，全具天地之理。故其心，又较物最灵。故其所蕴生意，才发出便近之以亲亲，推之以仁民，又推之爱物，无所不可。以至覆冒四海，惠利百世，以惟由此而推之。此仁心之大之所以量同天地也。今为学之要，须常存此心，平居省察，要觉得胸中盎然，有慈祥恻怛之意，而无忮忍刻害之私。此即所谓本心，即所谓仁也。便当存之，养之，而不失之，则万善皆由此而生。"不知姚枢曾读此说否。

西山之学受之于詹体仁。体仁传之于刘屏山、朱晦庵。当时之大儒，为一世所仰望者，实为西山先生与其友魏鹤山二人也。

按，锡山之子名志道，志道之子，长名绍祖，次名同祖。绍祖之子蜀孙。将真山民诗集授于大德中人董师谦，使为其作序之真伯源，盖蜀孙之子也。而山民盖同祖之子、西山曾孙，宋季元初时，有学不仕，善诗自娱，以隐士终身。故宋元之史，无载名者。然山民之集，出自伯源之手，传至今不泯。其诗清逸优雅，如《道遇过军投山寺》篇句云：

蟋蟀数声雨，
芭蕉一寺秋。

如《晓行山间》篇：

乱峰相出没，
初日乍阴晴。

如《自适》篇：

一丝风月严陵钓，
千里关山季子裘。

如《岁暮》篇：

一年又是等闲过，
百岁只消如此看。

人品、诗品俱示不卑。篇什虽不富，不失为一个好诗人
也。真真出自绍祖之系乎？同祖之系乎？今虽不详，但因谈
西山之后，山民亦可举为西山之后也。

（大正六年一月）

金鹊镜

往事渺茫皆似梦，旧友零落半归泉。若谓此为水，汉女添粉镜清莹。欲言此为花，蜀人江水洗文锦。我立归婆婆之故乡，只为着锦衣、言古事矣，切莫惊我梦醒也。

此乃《谣曲·松山镜》中孝女，见镜中显现其母亡灵之一段词语。其次又云：

唐土陈氏，有贤女之闻。世习，夫因故远行。思之，为表情缘，破信物之镜为凭。镜破犹留新月之光，昼夜思念。音书断绝，良人未归。独居乡间，幽怨度日。檐端芦荻秋渐深，风闻夫已为楚国之主。知情缘生变，不能立回。每日相会唯半镜与我一人。泪影映镜中，半月在山端。哭倒在床，茶饭不思。倏忽一鹊飞来，歇羽于陈氏肩头，辄又上下翻舞，眼见化为半片破镜，一如手中所存，随之似满月出山，光照碧天。此乃贤女磨名之镜也。

破镜之谈，本有两种，一出自《神异经》，一出于《本事诗》。

《神异经》虽云为东方朔所撰，诚为假托也。然属隋以前之书无疑。其中记：古有夫妇，相别时，分镜各持一半为信。其妻与人通，镜化鹊飞至夫前。夫乃知之。后人据此，铸镜作鹊，安其背。

中国之俗，镜背铸鹊，乃常习见。李白诗句："影中金鹊飞不灭，台下青鸾思欲绝。"又，"明明金鹊镜，了了玉

台前。"李峤诗句："清辉鹊鉴飞。"

然而，镜背铸鹊，不知是先有《神异经》所记之传说，后有"铸鹊"之事；还是先有此事而后有《传说》。又《诗经·召南》有《雀巢》诗，首章云："维鹊有巢，维鸠居之，之子于归，百辆御之。"三章之意，叙夫人之美德也。因此，女器之镜安鹊，非悬想也。

又，鹊者，传说七月初顷，首羽尽脱而为髹，当七夕，于明河上作桥，以渡织女。今日有权德舆《云并车渡鹊桥》等"七夕"诗句。菅家歌中的句子"侬渡鹊桥去，盼郎来相会"，亦本与此传说。因此，牛郎织女一年一相逢，亦凭借此鸟之力。故作为女器之镜而安鹊，颇合情理。

总之，《神异经》中镜之谈与《松山镜》中镜之谈，犹似半镜片鸟，不同其他。

《本事诗》，唐孟棨所撰。其《情感》篇记：陈太子舍人徐德言之妻，后主叔宝之妹，封乐昌公主，才色冠绝。时陈政之运近末，世乱，国将亡。德言知不能相保，对妻曰："世情可畏，我在反至累卿。以卿才容，国亡必入权贵家。故我于此告以永诀。若天运犹幸，情缘未断，冀复相见。未逢前，乃破一镜，各执其半，相约他日必于正月望日卖于都市。我当在，即以是日上都入市得访卖破镜者。"未及，世大乱，人左右奔逃。陈遂亡。

德言妻，果以其美，因生命无以继，遂移入越公杨素家。杨素乃文武兼备一世之雄，灭陈亦殆为杨素之功也。故隋帝酬之，封越国公，且又赐予陈主之妹及女伎十四人。事见《隋书》卷四十八《杨素传》。杨素少落拓有大志，学博，文工，且智锐，才高，战无不胜，攻无不取。他曾斥其妻郑氏，我若为天子，卿定不堪为皇后。杨素藏公主于馆中，清闲度日，既不闻晓风之音，又不见夕云之色。德言为亡国之主所执，遭逢不幸，累遇危险，仅保身命。然不死不休，生而不忘旧约，流离辛苦，终于到达京师。已是相约之正月望日。妻若生，或来卖镜。我未死，不厌旅途辛劳，当日踉跄入市。疑惧心弱，忧愁眼暗，窥之市中，东西人多群集，买卖声骚然聒耳。一团人哄笑声如海浪奔涌，一看，有贵家奴仆将半片破镜高高举起，要价百两，问谁人愿买。众笑，怪其愚痴。德言心中激动，走上前去，就近观看，千真万确，正是那面破镜。方似晓梦将觉，既急且惊，半信半疑，遂将其人直引至其居，设酒食，纠卖镜之本末。奴仆但言禀主命临于世。又问主人是谁，终得晓旧妻之现状。良宵夜锦帐之情话，寂寥日茅店之孤身，时世沧桑，抚今追昔，感慨不已。遂探手怀中，取出半镜，与苍头所持半片合之，复得全镜。然姻缘难再圆，怅然题诗，曰：

> 镜与人俱去，
> 镜归人不归。
> 无复嫦娥影，
> 空留明月辉。

所谓"辞尽情不尽"，当如此也。德言令苍头将此交于其主，妻得诗，涕泪涟涟，不能举面，心头逼蹙，饮食皆废。杨素聪明敏达之人，见之猜测必有蹊跷，及鞫婢仆知其情，怆然改容，召出德言还其妻，令任意多取赐赍。德言夫妻何其喜矣。夫妻谢恩而归时，杨素令德言妻作诗，其女诗曰：

> 今日何迁次，

新官对旧官。

笑啼俱不敢,

方验做人难。

破镜再圆,夫妻终身江南。

《松山镜》中陈氏故事,所述其镜变鹊如《神异经》所记,然事与《神异经》所谈归趣不同。举陈氏名者如《本事诗》所记,而《本事诗》所谈无镜片变鹊事。将《神异经》之谈和《本事诗》之谈合为一体,而负以陈氏名者,遂成《松山镜》之谈也。《松山镜》作者,以何敢为此等事,犹可考也。

陈徐分镜一事,本自为有韵趣之谈,乃戏曲小说之好题目。故元沈和甫以此作《分镜记》。和甫名和,杭州人,善辞翰,通音律。以南北调作"合腔"始自此人。《潇湘八景》、《欢喜冤家》等曲,以极工巧见称,可与元第一流曲家关汉卿媲美,故名为"蛮子汉卿"。《分镜记》今存《元曲选》中。

杨素事入戏曲,犹有别似陈徐事者,闻名之《红拂记》是也。《红拂记》记唐李靖尚未贵时,与素之侍女红拂相悦,窃之而去。当时素不追李,如同不咎陈氏而与徐者也。此亦奇也。盖杨素虽非宽厚长者,此乃《三略》所谓英雄善揽人心也。史称,从素征伐者,微功必录。以此,素虽严忍,士亦愿从之。素之人如是也。素何惜妇女而失将士乎?此乃《分镜记》、《红拂记》之所以必出者。但素又实好宫室壮丽,侍妾艳美。其倜傥不羁、豪侠之人,最适合剧中人物。陈、徐之事,唐代已有传闻,乃人人皆知之情话。《玉溪生》集卷三,有越公代房妓嘲徐公主诗:

笑啼俱不敢，
几欲吞此声。
遽遣离琴怨，
都由半镜明。
应防啼与笑，
微露浅深情。

　　因陈氏诗句，而谓新浅旧深，诗人之戏颇有意趣。又有代贵公主之作，咏其虽还徐犹不能不感杨家之恩。虽不知作者李商隐是否借古事咏所思，但陈、徐一事长时脍炙人口，又流传于我邦，以致为神话故事《松山镜》所引用。

（大正六年一月）

师　师

　　《水浒传》乃中国小说之巨擘。其笔墨之妙，描写之巧，无需多言。但累章及至百二十之繁，而富于叙绿林豪杰之谈，寡于传红粉儿女之情。本来，既取山东大盗为全篇主人，势必不能如是也。然《水浒传》亦非不叙女子。致使鲁提辖拳打镇关西者，乃因有金翠莲也；致使豹子头林冲发配沧州道者，因有其夫人之美也。凡裙钗则送英雄以祸福，须眉则为尤物所左右。如是之谈，未必乏少。惟其女子多是枝叶之人，作者轻轻一笔描去，点墨写了，无留深意。以此，虽有粉面油头、星眼月眉、风丰性格，瞭然现于读者之前，而事情光景炳然彰于文段之间者，鲜矣。就中作者稍稍致意传神者数人，实为《水浒传》里之妖花奇珠。阎婆惜，即其一也。婆惜，浮薄女子，不足多论。然引全篇主人公宋公明怒而杀之，以致危身。其骄纵之态，尖利之辩，成一种妇人可恶可厌之型模。其二，潘金莲及王婆也。潘淫而悍，中国史上如是之妇人实乃不少。王滑而贪，中国俗谚曰："勿近三姑六婆"，实世自有如是婆子。其三，乃累及杨雄之潘巧云也。其四，苦雷横之白秀英也。其五，一丈青扈三娘；其六，母大虫顾大嫂；其七，母夜叉孙二娘。此三者，或美，或不美，皆共梁山泊中人也。其八，恼天罡星成痴思之病、杀大反魁、报双亲仇，孝勇贞美之琼矢簇琼英也。其九，无赖大胆、粗豪犷猛，助王庆作乱，以村妇身称楚王妃之段三娘也。此中，如白秀英、顾大嫂、孙二娘，又盖不过略笔余墨。此九女子之外，虽于本篇人物未能直接紧贴，而实使百八豪杰命运大转弯，使宋江等潜身水泊，开辟新路，以致获得尽忠国家之机者，乃为《水浒传》第一美人、东京上厅行首李师师也。李师师实如其家牌上所写五字一联，正是："歌舞神仙女，风流花月魁。"

李师师如何女子也？上述九妇人，《水浒传》中俨然存其姓名，实世间虽确见其型模，盖皆乌有之人。李师师亦乌有之人耶？非耶？

曰：《水浒传》一百二十回之大文字，大抵皆是空中结选来，此其幻奇灵怪可爱可赏之所以也。然未必无所本也。宋江等名，既见于正史，方腊等乱贼之事亦显著于史上。凡稗史小说，既欲以此驰其能而逞其才，乃需假其实以掩其虚也。以此，《三国志演义》本董、曹、刘、孙之迹，《女仙外史》借建文帝之遁、唐赛儿之乱。如《水浒传》中，叙蔡、杨、童、高之奸，张叔夜、侯蒙之忠，大旨皆不伪，令读者点头，以为有如是人、如是事也。李师师对皇帝为宋江等奏报其忠而冤屈一段，实是本传中大关节之处，最紧要之处。若以李师师为乌有之人而令读者点头称善，事难矣。若以李师师为实存之人，使看客抵掌叫妙，足矣。于此，作者有幸借一至贱之女而得至尊之爱名李师师者，使其稀有难遇之谈传于世，以此作宋江受招安一段楔子。李师师乃实存之人，而非乌有之人也。师师有否为江言事，本不足论。师师以妓女之卑得徽宗皇帝之宠，盖真有此事。吾今欲语此也。

李师师不出七十回本《水浒传》。七十回本，虽金圣叹称以为古本，实非古本，圣叹妄改之，削去七十回以下者。旧本至七十二回，师师始现于卷中。此乃师师不出七十回本之所以也。百二十回本中，师师见于：第七十二回《柴进簪

花人禁苑，李逵元夜闹东京》一章为始；第八十一回《燕青月夜遇道君，戴宗定计出乐和》一章为中；第一百二十回《宋公明聚神蓼儿洼，徽宗帝梦游梁山泊》为终。水浒豪杰一百八人完聚之后，李师师实为之开阖也。一妇人之微而关全局面之大，他有金莲关武松，婆惜关宋江，巧云关杨雄、石秀，琼英关张清，贾氏关卢俊义也。并非如一丈青、母大虫等，仅止于一员女将矣。师师于《水浒传》，亦可谓伟矣哉！

第七十二回中，宋江共柴进、燕青赍金帛访师师于其家，李逵随之。宋江之意在于，以师师得天子宠，由师师申述自己等心怀忠义而身负冤屈之情。因李逵卤莽，事破势逼，却才脱身归寨。然其间，燕青为人聪慧敏巧，为师师所识，以为后章铺地。

第八十一回，乃《水浒传》全书中异样出色之文字。燕青再到师师家，先为前次大骚扰而致歉，多赠金珠以买欢心。次于酒间献酬歌吹中，显示梁山泊好汉意气精神及自己得浪子之称之本领、技能，以惹爱才悦俏师师之爱，终至师师以削玉之纤手，抚燕青绣花之美肤。而燕青伶俐，立拜师师为姊，以遏其爱，制其欲。转而缘师师亲谒徽宗皇帝，终诉朝廷权贵之奸诈，述草莽忠义之真衷，以致为梁山泊百八人受招安之因。天巧星君，描成《水浒传》中最巧最妙之光景，实为此一章也。

第一百二十回，宋江百战劳苦之余，得御赐毒酒，知而饮，饮而死，悲怆凄凉，感人至深。徽宗本无杀宋江之意，于此得异梦，仿佛间有所悟。师师亦从旁为宋江等禀奏，宋江等终受国家之祀。《水浒传》于此毕卷。可知一百八人完聚后，使水浒豪杰得以始终者，实为李师师也。师师于《水浒传》之地位关系，重而且大矣。

李师师于《水浒传》如是，而于其水浒诸豪杰之事，真耶？假耶？将真假相错耶？抑又捕风捉影之谈耶？宋江等事，无不本于《宋史》、《宋鉴》等。又其三十六人之名，虽不无小异，皆见之《宣和遗事》。《宣和遗事》本是小说，虽不可以史籍目之，然《水浒传》以《宣和遗事》为渊源，前人已有言焉。《宣和遗事》中，李师师成如何之状？

《宣和遗事》二卷，记宋徽宗、钦宗间事二百七十余条，明胡应麟虽目以元时间阎之俗说，但人多以为宋人所记。清学山海居主人，于其杭州所得古本，卷中"淳"字，为避宋光宗之讳，皆作"哼"字，当出自宋刊也。

《水浒传》之刊本，卷首只举《遗事》中有关《水浒》之条目，而不举记李师师事之条目。以此，未见《宣和遗事》全卷者，不曾想到《遗事》中多存有记师师之事也。《水浒传》师师之事，《水浒传》评者亦多未言及为捏空凿虚成之而已；亦未言师师之美既先于《水浒传》，而费人不少笔墨也。

《遗事》记：高俅等劝徽宗皇帝纵情行乐，遂易衣微行，至宿东京名妓李师师家。帝及去，解下龙凤鲛绡与师师为信。师师有情人，名贾奕，武官。奕七夕之际，特携佳酒亦来访师师。见门牢上锁，无人相迎，怒而归。其翌日及诘师师，得情而大惊，又见鲛绡，愈惊。嫉妒愤恨，失望落胆，心如万刀齐钻，遂昏倒。师师救之，温言慰怒，佳酒解闷，然贾奕惟长吁短叹。偶见笔砚在侧，遂开笺抒思，作《南乡子》词。末句为：

留下鲛绡当宿钱。

师师恐触人眼，收之妆盒中。贾奕对师师言："卿既受天子之宠，我不敢再访卿。"二人谈未尽，日渐晡，高俅早已到。贾奕惊而欲去，为高俅所见。高俅大怒，使左右执贾奕，送大理寺狱。师师母见之，进曰："这人是师师之兄，住洛阳多年，今日只是偶做洗尘小筵。我等既待高贵陛下，安能接别人？"如此说得，才使奕得免。

天子即到，欢晤如昨。师师先寝，天子见妆盒中一物少露，开而读之，至末有"留下鲛绡当宿钱"句。天子本聪敏，何事不理会，不觉微哂，只将其收起罢了。既爱师师，惟记之于心，不发之于口。自此两月，夕来旦去，恩宠有加。

贾奕自七月八日别师师后，不便见面，寄恨无路，昼忘餐，夜忘睡，闷闷郁郁只是瘦衰。偶有友人、陈州通判宋邦杰访贾奕，问其身瘦神衰之所以。贾奕不能蔽，遂诉衷情。通判笑而谏曰："卿元来聪明人，焉为可一妇人误身？"然贾奕不能翻然转念。"天子乃一贵人，尚恋师师之色，况劣弟一愚夫耳，勿嘲此痴迷。"及闻此语，难免哀悯之。"尊兄放心，当为卿致力。我姑夫曹辅，现任谏议大夫，天下之行本有缺德处，谏官之职，焉能无言？使曹辅就此事言于上，止微行。天子若不微行，卿自得如旧矣。"于是邦杰见曹辅，言及天子夜夜宿平康贱妓之家。曹辅闻之，知主上失德，谏官不可默，慨然上表，谏微行。徽宗览之，且惭且怒，罢曹辅职。谏议大夫张天觉续奏曰："愿陛下勿微行。曹辅之辞或犯上，而心在爱君。"徽宗不得已只得数日不出宫。然思师师之情难止，遂派杨戬至金线巷师师家传旨："违约未问达数日，休怪。"因天子数日未来，师师发娇嗔，装醉，应酬无礼。杨戬抬首见师师卓上有一小笺，展之。见此乃知是贾奕书，曰：

奕自七夕相别之后，又逢重九。日月如梭，会面无由。今闻，天子纳忠臣之谏，深居禁中，无复微行私幸，是咱两人夙世有缘。今夕佳辰，不可虚度。未承开允，立俟佳音。

　　杨大怒，责曰："既受天子宠，又怎好密地与贾奕相会？"遂夺其书而归。师师母女悔不可及，战惧，魂不附体。杨呈贾奕手简，徽宗愤怒。直执贾奕到金阶下，喝道："匹夫！尔造词谤朕。"贾奕俯伏在地，白曰："微臣怎敢谤陛下？"徽宗道："尔道未谤，且说！这'留下鲛绡当宿钱'一词，是谁做来？"贾奕于此魂碎魄散，无辞可对。徽宗即宣："贾奕流言谤朕，合夷三族。"令甄守中为监杀官斩之。

　　甄守中领贾奕到刑场，途逢张天觉。天觉问："今日杀者犯甚罪？"守中附天觉耳，告以委细。天觉对守中云："尔且慢用刑。"遂飞马入宫，急见天子，辞色严正，犯面直谏："陛下贵为天子，富有四海。承祖宗万世之丕祚，为华夷亿兆所瞻。一举一动一颦笑，皆不可轻也。然奈何为小事所误，惜为不正之事耶？刑罚不正，无以治民。人心怨于下，祸起于不测。纵非如此，今天下难言以宁，何其细小琐事皆劳圣虑乎？愿垂慈恩，曲行赦宥。"杨戳佞臣，从旁将贾奕所作《南乡子》词示天觉。徽宗语稍激，道："卿看此词，更能容忍否？"天觉不少动，奏曰："此乃陛下之过也。陛下以万乘之尊，入小巷之陋，如何惹如是之侮乎？所谓君不君，臣不臣也。陛下宜自悔其过，何必尤人？"徽宗惭而不复争。即宣："劳卿直言，赦贾奕免死。"遂贬为广南琼州司户参军。又一面急遣殿头官，召李师师入内，赐夫人冠

坡，令师师于御前着之。赐绣墩侍于御座之侧。宣天觉，问："朕今共夫人同坐殿上，卿立阶下，能有章疏乎？"天觉泣曰："陛下视礼法为何物也？君臣夫妇，乃人间之大事，臣今有何颜立于殿陛之间？愿乞骸骨归田里。"徽宗怒，拂衣而起。次日，天觉贬为胜州太守。

天觉出京时，作《南乡子》词。又行数十里，值路边老牛卧地，长吁一声。依前词又作《南乡子》一首。词曰：

瓦钵磁瓶，
闲伴白云醉后休。
得失常事，
贫也乐无忧。
运去英雄不自由。

彭越韩侯，
盖世功名一土丘。
名利有饵，
鱼吞饵纶收。
得脱哪能更上钩？

天觉仙去后，朝廷之上，荡无纲纪。蔡京、童贯之徒，高俅、杨戬之辈，播弄徽宗，封李师师为李明妃，改金线巷为小御街。卖茶周秀，当初介绍师师有功，除泗州茶提举。盖宣和六年之事也。

以上为《遗事》前集所记，后集又记。刘屏山有诗云：

梁园歌舞足风流，

美酒如刀解断仇。

忆得少年乐事多，

夜深灯火上樊楼。

樊楼，丰乐楼之异名，上有御座，徽宗时与师师于此宴
饮。士民皆不敢登楼。

及金兵入京师，徽宗欲退位。追究蔡京、高俅等逢迎谀
佞之失，废李明妃为庶人。师师其后流落湖湘间，终至寄身
商人。因自赋诗云：

辇毂繁华事可伤，

师师垂老过湖湘。

缕衫檀板无颜色，

一曲当年动帝王。

《宣和遗事》中李师师之始末，自是绝好诗题。而《遗
事》所记，虚实相伴，虽不可悉信，然徽宗以天子之贵，爱
平康一妓，实有矣。

言罢《遗事》中之李师师，再说《遗事》以外之书——
小说稗史中不曾有之师师之事。

张商英（天觉）与蔡京不善是实，因师师事而退野是
虚。商英虽与蔡不和，但其为人并非如《遗事》所记。且据
《宋史》三百五十一卷所记："宣和三年卒，年七十九。"
《遗事》所记为宣和五年，商英死后三年矣。可知其妄莫辩
也。

《宣和遗事》、《水浒传》以外，传李师师之事者，有元屈子敬杂剧一篇，题曰《宋上皇三恨李师师》。子敬，至顺以前之人，其所作杂剧有《田单复齐》、《孟宗哭竹》、《敬德扑马》、《相如题柱》等，与《录鬼簿》撰者锺嗣成同窗。《三恨李师师》曲，盖今不传。虽无以知其梗概，依题名考之，所记犹可猜知。元人既取道君与师师撰杂剧，可想元时道君与师师之艳话，已经脍炙人口也。

李师师实为宋徽宗时之名妓，而徽宗微行宠幸之，盖亦非虚。然贾奕事，以及张商英因此上谏，遂至去职等，不能尽信。小说俚曲不足为凭，无需多辩。虽然，《宣和遗事》记贾奕事亦不无所本。周邦彦事，盖是也。

周邦彦，字美成，钱塘人。《宋史》卷四百四十四有传。元丰初，游京师，献《汴京赋》万余言，为神宗所知。历仕，至徽宗时。拜秘书监，进徽猷阁待制。后知顺昌府而卒。《虹亭词谈》卷六记之。周邦彦在李师师家，闻道君至，遂匿于床下。道君自携新橙一颗，云："此乃江南初进之物。"遂与师师嘲谑。邦彦悉闻之，作《少年游》词。词云：

并刀如水，
吴盐胜雪，
纤指割新橙。
锦幄初温，
兽香不断，
相对坐调笙。

低声问：
向谁边宿？
城上已三更。
马滑霜浓，
不如休去，
直自少人行。

（此词据《词谈》及朱竹垞《词综》载，"割"作"破"，"谁边"作"谁行"，"笙"作"筝"，"直自"作"直是"。今不从，而依宋曹糅所撰《乐府雅词》所录。并州出利器，吴国产佳盐。兽香，盖兽炭之香欤。用晋之杨王秀炼炭为兽形以温酒之故事。或兽香乃炉香耶？美人弄笙，当时之习，而调筝却少矣。)

他日，师师歌此词，道君问谁所作。师师白以邦彦之作。道君大怒，因加邦彦迁谪，押出国门。

越一二日，道君又幸师师家，不遇。至更初，师师归。愁眉泪眼，憔悴可掬。道君问其故，师师奏言："因邦彦得罪去国，故致一杯相别，不知官家来也。"道君问："曾有词否？"李云："有《兰陵王》词。"道君云："唱一遍看看。"李因奉酒歌云：

柳荫直，
烟里丝丝弄碧。
隋堤上、曾见几番
拂水飘绵送行色？

登临望故国。
谁识，京华倦客？
长亭路、年去岁来，
应折柔条过千尺。

闲寻旧踪迹。
又酒趁哀弦，
灯照离席。
梨花榆火催寒食。
愁一箭风快，
半篙波暖，
回头迢递便数驿，
望人在天北。

凄恻，恨堆积。
渐别浦萦回，
津堠岑寂。
斜阳冉冉春无极。
念月榭携手，
露桥闻笛。
沉思前事，
似梦里，
泪暗滴。

歌竟。道君大喜，复召回邦彦，为大晟乐正。

史记，邦彦疏隽少检，不为州里推重。又美成在姑苏时，与妓岳楚云相恋。后从他人，美成见楚云妹，赋词抒感。楚云得而感泣累日。事见《夷坚支志》。思之，才人无行，应洒脱自喜。然与师师相识，因词得罪，又因词蒙恩。或实有此也。其好音乐，自度曲，制乐府长短句，词韵清蔚，传于世。见本传。评邦彦词，陈质斋以富艳精工；张叔夏以浑厚和雅。本为词坛一大家，其《清真居士片玉词》三卷，至今不泯。虹亭不为无根之谈，师师与美成事，盖本于宋人说部。《宣和遗事》所记贾奕与师师事，盖本于周邦彦与师师事，而换骨变装乎？或又别有一条之事乎？今遽不能断。仅凭臆测，似觉先有邦彦事，而后，《遗事》作者又捏造贾奕之事也。

与周邦彦同时，别有一邦彦，即李邦彦也。李邦彦，字士美，怀州人，父浦，银工。俊爽，美丰姿，为文美而工。然以生长于闾阎，习猥鄙之事。应对便捷，善谑笑歌讴，能蹴鞠。每缀街市俚语为词曲，为世俗所悦赏。为人乖巧，补大学生。大观二年及第，累迁，为中书舍人翰林学士承旨。宣和三年，拜尚书右丞，五年转至左丞。以与王黼不协，遂同蔡攸、梁师成等结而谗斥之。至金人薄京城，坚执割地缓难之议，大学生陈东等数百人，伏宣德门上书，以邦彦等徒为社稷之贼，请斥之。当知其不合相器也。初，未显贵，不拘游纵，自号李浪子。及宣和六年拜宰相，惟在阿顺位，都人目以浪子宰相。传见《宋史》三百五十二卷。

《宣和遗事》记：李邦彦以次相阿附蔡攸，宫中每有燕饮自为倡优事，杂以市井之诙谐为笑乐。又记：一日侍宴，先将生绡画龙文贴于体，将呈伎艺，则裸其衣，宣示文身。又记：上举杖欲笞之，则缘木避之云云。轻佻儇薄亦甚矣。真具浪子之态，何成宰相之体耶？

浪子，一如浪荡放纵之子弟。而游荡之子弟，多不愚

蠢，浪子之语，自带伶俐乖巧人之义。故《水浒传》中第一俊敏之天巧星燕青，有"浪子"诨名之所以也。《水浒传》中浪子是假，《宋史》中浪子是真。梁山泊之浪子是虚，京师之浪子是实。假浪子可爱，真浪子可恶。虚浪子是忠，实浪子是奸。呜呼，何其奇也。浪子燕青、美人李师师、徽宗皇帝、以词得罪之贾奕、词人周邦彦、浪子李邦彦……我于是可观其一连环之环环相连不相接、环环互游不互离者也。

李师师之艳美啧啧于当时，别有张子野词证之。子野之后，世始有"师师令"一词体。相传"师师令"为子野所创，因赠李师师而得名也。子野，名先，吴兴人，为太宗时至显贵之张逊之后。《宋史》仅录其名，不记事迹。然词名甚高，《天仙子》词中有"云破月来花弄影"一句，喧传一时。因"心中事、眼中泪、意中人"句，得"张三中"之称，传几百年。其所著有《子野词》一卷。苏东坡题曰："子野诗笔老妙，歌词乃其余波耳。华州西溪诗云：'浮萍破处见山影，小艇归时闻草声。'（中略）若此之类，皆可以追配古人，而世俗但称其歌词。"晁无咎评："子野与耆卿（柳永，字耆卿，词豪。有云：'凡有井水饮处，即能歌柳词'）齐名。然子野韵高，此乃耆卿所乏也。"前贤称许如是，实一词雄矣。词云：

香钿宝珥，

拂菱花如水。
学妆皆道称时宜，
粉色有天然春意。
蜀彩长，胜未起，
纵乱霞垂地。

都城池苑夸桃李，
问东风何似？
须回扇障清歌，
唇一点朱蕊小。
正值残英和月坠，
寄此情千里。

　　子野才美使其然耶？师师貌艳使其然耶？此词一出，世遂有"师师令"一体。子野与师师，可谓俱伟矣。

　　秦少游，名观，同时人，本宋朝一大诗星。其乐府亦工入律，以至使晁无咎近来之作者，皆不及少游。其《满庭芳》有"斜阳外，寒鸦数点，流水绕孤村"句，脍炙人口。故婉约之辞、温雅之情，致使当时长沙一美人未见而生恋，每得词一篇，皆纤手抄之，娇喉唱之不已。未几，美人逢少游于被贬而南迁之途。之后，一别数年，闭门谢人，惟思少游。少游竟死于藤州，感梦晓之，终行数百里临其丧。扶棺三绕，举声一恸。遂生命顿绝，惟哀话长存矣。少游词才，世所爱重如是也。少游词三卷，谓之"淮海词"，中有赠李师师《生查子》词。曰：

远山眉黛长，

细柳腰肢袅。
妆罢立春风，
一笑千金少。

归去凤城时，
说于青楼道。
看遍颖川花，
不似师师好。

使一代诗人吟出"看遍颖川花不似师师好"；使四百余州之帝君嫉妒烦闷；使一百八人之貔貅行止终始。师师之美，其力亦大矣哉！噫，而其人今已黄土白骨，谁知其墓之所在乎？《水浒传》中，其名煌煌如尺璧，不知者看之，以为不过作者笔下一幻影而已。噫！

（大正六年五月）

连环记

LIABJANQJNGHUA

炉边情话

连环记

　　庆滋保胤，贺茂忠行第二子也。兄保宪嗣累代之家业，为阴阳博士、天文博士，以贺茂氏之宗，光耀系谱。保胤不让其兄，自作为当时儒家词雄菅原文雄之弟子，为一名文章生，改其姓，曰"庆滋"。本无"庆滋"一姓，亦非古书所载做他家养子之庆滋也，只是逊其兄之意，将"贺茂"之"贺"字换成"庆"字、"茂"字换成"滋"字而已。异字同义，"庆滋"本为"贺茂"，读作"yoshishige no 保胤"，乃自然之态势。其后，保胤之弟——文章博士保章子为政，改姓为"善滋"，亦同。为政乃文章博士，《续本朝文粹》作者之一。传保胤兄保宪，十岁许童儿之时，法眼既明，能见鬼神，其道之天才为父所注意。又，保胤父忠行乃后人啧啧称羡、赞为阴阳道大师安倍晴明①之师。保胤有此父兄弟侄，本非寻常一样人物也。

　　保胤之师菅原文时②亦非普通人也。当时文人不论源英明③

---

　　① 安倍晴明（Abeno seme 921–1005），平安中期阴阳家。传说能驱使智慧之神判知未然。著有《占事略决》。

　　② 菅原文时（Sugawarano fumitoki 899–981），平安中期贵族、学者。道真孙。从三位，文章博士，谥三品。

　　③ 源英明（Minamotono hideaki 911–940），平安中期官人，齐世亲王长子，母菅原道真之女。从四位上左近中将。长于诗文。作品见《本朝文粹》、《扶桑集》等。

抑或源为宪①，其文今皆存于《本朝文粹》②，均为后人艳称之人。然其文章词赋皆受文时斧正。当时，宫内张盛宴，命词臣等以"宫莺啭晓光"为题赋诗。天皇于文雅之道亦甚用心，暗得句在怀：

> 露浓缓语园花底，
> 月落高歌御柳荫。

此时，文时早已得句：

> 西楼月落花间曲，
> 中殿灯残竹里声。

天皇闻之，以为惟有自己完成此作，又寻思文时也已完成，且写得更好。遂召文时到身边，问："我两人哪个写得更好？"文时对曰："御制甚工巧，下七字亦优于文时之诗。""卿莫非有所顾忌？"天皇再次发问，文时答曰："御制与臣之诗同优。"天皇仍以为他有所顾忌，由于深爱作诗，遂又进一步逼问："若诚然如此，当立誓为证。"文时没有立誓，遂答曰："文时诗稍胜一筹。"言罢，即逃出。天皇笑而首肯。由此，文时诗文以"菅三品"之作称扬传颂至今。而保胤实乃此人弟子中之上席。疫病流行那年，或曰：

---

① 源为宪(Minamotono tamenori ?–1011)，平安中期学者、汉诗人。著有《口游》、《三宝绘词》、《世俗谚文》等。

② 平安后期汉文集。十四卷。藤原明衡撰。效法《文选》体裁，分为三十九类，收弘文（810–824）—长元（1028–1037）年间名文辞四百二十七篇。

梦中见疫病之神不入文时家，只从门前礼拜过之。保胤游于
为时人如此推崇的"菅三品"，才识日长，声名布于世，应
试及第，官进之大内记^①。

具平亲王好文，当时文人学士亦多以雅友引见之。纪齐
名^②、大江以言^③等，均常来伺候，其中也对保胤以师而遇
之。然保胤素来不愿倾心于人世之纷纭，虽然此乃当时之
风，胸中已抱出世间清寂之思，只任亲王讲其可讲，训其当
训，此事一旦完了，我仍是我，目稍瞑，口中念念有词。思
致佛土，佛经要文，但见潜心默诵之。虽是一位奇异的先
生，而不当面错过，将寸暇之游心用于圣道，诚无可咎之处
也。白乐天将狂言绮语即诗歌视为赞佛乘之缘，保胤以白乐
天思想为是则无疑。

对于这个保胤，亲王的待遇也与其他只事以藻绘的词客
自有不同。不过，诗文之道自然是发问的一个内容。一次，
请教对于当世文人的品评。因此，保胤不得不回答。他说：
齐名之文，犹如月色清雅之良宵，在古旧的桧树皮葺的门帘
脱落的屋子里，听女子鼓筝弹琴。以言呢？答曰：好似白沙
庭前，翠松荫下，演奏陵王舞乐。再问大江匡衡，曰：如锐
士数骑，被介胄，骏马加鞭，过粟津之滨，其锋森然无可
当。亲王入兴，又问足下呢？曰：似旧上达部驾槟榔毛车，
时闻其声也。论其长短高下，自保其诗品，诚优于唐司空图

---

① 内记系中务省所设奉行起草敕令、宣命、位记，记录宫中一切
事务官职。分大、中、少三级。

② 纪齐名（Kino tadana 957–999），平安中期汉诗人。学于橘正通。
官职经大内记、式部少辅，至从五位上式部少辅。协助编纂《扶桑集》。

③ 大江以言（Oeno mochitoki 955–1010），平安中期汉诗人。师事藤
原笃茂。历任治部少辅，文章博士。官至从四位下式部权大辅。

之《诗品》，既雅且美。亲王亦有感，为当时人们所叹赏。齐名、以言、匡衡、保胤等文，今皆存，故此评当否，人人皆可检证。而评品当否，在于评品方法如何有韵致。仙禽自有幽鸣之趣，其言有味，可谓如见保胤其人也已。

　　舍欲而至于道之人，多半是遇到人生蹉跎，陷于失败穷困，一旦开悟，便回头向来路反方向前进。保胤有这样的机缘，但此后不见他转向。保胤自然和易之性、仁慈之心比普通人长久，而且忠实接受儒教之仁、佛道之慈，相信人应该如此，心怀虔诚之念，随着学问修养日渐增进，向着既定的方向，日就月将，孜孜以求，自强不息。是真实道，是无上道，是清净道，是安乐道，对此确信不疑。因此，是否可以这样说，保胤本来就有很强的慈悲之心，又能强使自己安住于慈悲之心而策励之。不论何时，保胤都能立于熙来攘往之都市大道十字路口。因为是大道，贵人走，贱者走，工匠走，商贾走，老人走，小儿走，壮夫走。既有兀兀然而行者，也有踉踉跄跄而行者。因为是大道，这没有什么奇怪。时常也有拉着满载货物的老牛，在大车的木轭下，喘息着，流着口涎，奋蹄前进。这些牛马被役使，同样是世上常见的事，也没有什么奇怪。牛尽力地走着，然而赶车的人犹嫌牛尽力不够，用鞭子抽打。鞭音时起时消，消而复起。这也是世之常态，没有什么奇怪。但是，保胤站在佛教所谓六道之岔路口，看着这里的景色，洋洋得意的人，踽踽独行的人，营营、汲汲、戚戚的人，呜呼，呜呼，世法亦复如是也。此后，看到老牛尽死力犹受鞭笞，啊，疲倦的老牛，严酷的鞭子，沉重的货车。遥远的路途，日炽土焦，欲饮不得滴水，其苦难耐，如之奈何？人眼疏忽，哪里懂得忽忽转动的牛眼的意思？它在哭诉着什么？呜呼，牛啊，你为何这样笨拙？为何托生为牛？你如今在受罪，在吃苦！想到这里，保胤又

听到飞箭般的鞭声，泪流不止，口中念道："南无，救救它吧，诸佛菩萨，南无佛，南无佛。"这种事不止一两次，又或在直接方便的场合，屡次救助牛马或其他当面之苦，此传说一直流传至今。服牛乘马自太古已有之，从世法上看，保胤所为乃属迂腐，然而对此毫无伪饰、抱有真诚之感、并以此为正为善的人来说，世法关于智和愚的判断原本就是毫无意义、软弱无力的。

再从佛法上看，经文说：仅仅张扬如是慈悲之念未必可行，有时候，这样则被认为坠入魔境而遭弹劾。保胤之慈念、悲念亢奋，由此而不至于趋进非违，本无可非难也。

只是世法不仅基于慈悲，论"仁"之对立面，则少有不当，若论"义"，则可以成立。"义"，利之和也。"仁"，过也。失却利之和，则无规范、不自然，最终会一团糟。因此，保胤的一味仁慈，自然会成为保胤自身之累。但是，对于纯情行事的保胤一样的人来说，世法之类也就没有任何约束力了。一次，保胤在大内记官员之前，走进举行大型活动的御所①，卫门府即御门警卫之官府分左右，其左卫门阵一带，站着一位痛哭流涕的女子。保胤对牛马都流出了悲怜的泪水，看到这个年轻的女子啼哭，他当然不会匆匆走过。他立即站住，问那女子为何如此痛苦不已。女子本不想回答，因为此事复杂，非三言两语所能说得清楚，但见来人态度亲切，于是答道：自己为丈夫从别人那里借来一条玉石腰带，回来路上不小心丢失，遍寻不着，她不知如何是好，真想找个地缝儿钻进去，从此消失。丈夫还未用，就把人家的东西弄丢了，叫她死也不是活也不是，于是啼哭不止……女子絮絮叨叨说了一遍。所谓玉带，就是在黑漆皮带背部缀一玉

---

① 天皇的居所。

石，乃衣冠束带时的朝服之腰带。根据官位高低定制，有纪伊玉带、出云玉带等。玉石形状有方的，也有圆的。既然让她借玉带，可见她的丈夫逼近参朝，想请朋友通融一下，结果弄丢了。实在太大意了，可想她是多么困惑不安，那位丈夫又是多么作难。能够帮她什么呢？别的没办法，只好将自己所佩玉带借给她了。自己如今也是受催逼而急着要参朝，无暇思考，"好啦好啦，我把玉带借给你，快快拿给你丈夫去吧。"保胤匆匆解下玉带交给那女子。女子觉得今天碰到了佛菩萨，合掌礼拜，欢然踊跃而去。保胤救她之急，于是安下心来。然而自己现在没有玉带，也不能出行了。

怀着一副佛心仙骨的保胤，自己凭豪情做了一件极不寻常的事，因而退下来，目下更加困顿。《今镜》[1]上写他："无带而隐居于片隅。"此"片隅"是何处之片隅？是否就是卫门府的片隅？不得而知。不管怎么说，看来他已是进退失据、一蹶不振了。其风态真是不堪想象。公事即将开始，保胤未出，无法进行。僚属久待不至，前去迎接。见到此种情景，互相呆然对视。因为公事告急，不可如此对待，保胤无面子，众人也多不方便，公务紧迫，只得麻烦部众从小舍人那里借来腰带，这才得入大内，将公事办完。

这桩故事虽然有点儿可疑，但也并非毫无根由。不管真假，立即成为奇谈传扬开去。尽管有的添枝加叶，任意歪曲，但这桩奇谈清楚地表明保胤多么缺乏俗智、疏于世法。因此，一个不懂得世道艰险的人，不管有多大才学，不管多么善良，要想立身官场、出人头地，那还有一段不小的距离呢。

---

① 历史故事书。藤原为经著。继《大镜》之后，记述自后一条天皇至高仓天皇（1025–1170）十三代一百四十六年间的事。

如此之人，要是没有一位深通世俗之道的夫人，家中经济一定是杂乱无章。因此，什么"志在山林，不营居宅"等说法，虽然显得很潇洒，实际上是朝夕漂泊、借居而栖，长期过着"上东门人家"的生活。如此渐渐上了年岁，"起卧有处"乃人之常情，于是保胤廉价买下六条一块荒地，构筑自家。自然谈不上什么华居，但因属自己所建，故为此居作记，是为今存之《池亭记》也。此记先叙京都东西之盛衰，后述四条以北、乾艮二方繁荣之地不容许我等营建住宅，再记幸于六条以北穷僻之地，就隆为小山，就洼穿小池，池西置小堂安弥陀，池东开小阁纳书籍，池北起低屋著妻子。所置阿弥陀堂，为保胤所宝爱之极清雅小堂，朝夕身临其间，烧香供花、礼拜诵经。他是一个多么心地虔诚、笃实善良、道行高尚的人啊。他有凡屋舍十之四，池水九之三，菜园八之二，芹田七之一。由此，大致情景可以想象，而芹田七之一最为有趣：池中小岛上的松树，汀上的柳树，小小的柴桥，北门的竹子……虽然没有一样为园丁所褒扬，更没有令先生蹙眉的大牛运来的大石头，但萧散的园景，也并非缺少佳趣。"余行年渐进五旬，适有少宅，安蜗其舍，虱乐其缝。"此言虽显得情吝，但不失其实也。家主虽职在柱下，心如住在山中。官爵任命运，天之工均矣；寿夭付乾坤，丘之祷久矣。内内稍扬气焰，亦非谎言，固不可憎。身在朝暂随王事；心在家永归佛陀。身为儒家虽不能感佩，但乃此人率直之言矣。夫云汉文皇帝为异代之主，此言虽不中人意，然其后以此好俭约，安人民也。但"异代之主"一说虽属奇怪，然实为心中悦慕之人。是说好俭约、安人民之君主，乃真可学习之君主，而万万没有认为当时君主奢侈致使人民受苦，从而保有不臣之心。只是点出"好俭约，安人民"六字，以此故而崇慕汉文，亦非聊无意也。《池亭记》的开头写道："二十余年以来，历见东西二京。"云云。然后又记述："繁荣之地，高家比门连堂，其价值二三亩至千万钱。"保胤师菅原文时，于天历十一年十二月上封事三条，正当二十余年前。当时文化日进，奢侈之风月长，已很分明。文时请禁奢侈条云："方今高堂连阁，贵贱共壮其居。丽服美衣，贫富同宽其制。"又云："富者倾产业，贫者失家资，既见其弊。""物价继续腾贵，国用渐不足，以至有卖官换才者。"此见同封事第二十条。文时痛言："若忧国用，则每事必简约。"尔后二十余年，事态变换，华奢增长，保胤如此诚实之人，看在眼里，遂钟情于俭约安民之上。其次记曰："以唐白乐天为异代之师，以长于诗句，皈依佛法。"以白氏为诗宗者不仅是保胤，当时人皆然也。惟保胤之所以尊白氏，不独因其长于诗句，还因白氏归之于佛法。而白氏定规于灶火婆以裁诗，实属可悯，虽得其益，亦受其弊。又白氏乃唐人之习，弥勒菩萨之徒，而以保胤为弥勒如来之徒，则显异样。其次又记曰："以晋朝七贤为异代之友，身在朝而志在隐。"竹林七贤，不用说皆为潇洒之士也，但也有怀揣算筹而吃不上饭的人。不知保胤是不是一个特好的父亲。如此说来，文海蜃楼，本不该考问虚实，保胤日日与此等人相遇。且"近代人世之事，一无所恋。人之师以富以贵为先，而不次之以文，不如无师。人之友以势以利为先，而不交之以淡，不如无友。予闭门闭户，以独吟独咏而自足。应和以来，时人好起丰屋峻宇，殆至山节藻棁，其费且巨千万，其住才二三年，不居古人所造者"。诚哉斯言！自己至暮齿而起小宅，自嘲之曰"如老蚕作茧，其住几时"？"老蚕作茧"，说得实在是好。此记大约写成于天元五年冬，保胤四十八九岁的时候。

　　保胤著《日本往生极乐记》，当在六条之池亭的年月。

今存同书署名"朝散大夫著作郎庆保胤撰"。据此可知,当时保胤尚未辞官。据其书保胤自己所述:"余自少日念弥陀佛,行年四十以后,其志弥剧,口唱名号,心观相好,行住坐卧,暂不能忘。造次颠沛,亦必于是。夫堂舍塔庙,凡有弥陀像、有净土图者,无不礼敬之。道俗男女,凡有志于极乐、有愿往生者,莫不结缘。"故四十以后,道心日痴,难以自已。且未辞官之顷,为自他信念之劝进,录往生事实之良验,作本朝四十余人之传。清闲池亭之中,佛前唱名之间,物色承佛菩萨引接之善男善女之往迹,执笔漫记之。保胤之旦暮如何超脱尘界而入清净之三昧乎?《往生极乐记》如其序所述,仿效唐弘法寺僧释迦才之净土论中,记安乐往生者二十人。然保胤往生之后,大江匡房又追保胤往生传之先踪,撰《续本朝往生传》。且于其《续传》中,保胤亦被采录。法缘微妙,如玉环相连。匡房之《续往生传》所述:"宽和年中,著作郎庆保胤作《往生传》以传世。"据此,保胤撰《往生传》正逢脱白被缁之前年,五十一二岁,在六条池亭的时候。保胤造池亭时,自记之曰"如老蚕作茧",而老蚕不得永在茧中矣。天元五年冬,其家落成,作其记。翌年永观元年,《倭名类抄》撰者源顺①死。顺乃博学能闻之人,后大江匡房论近世之才人,断曰:"橘在列②,不及源顺,顺不及以言、庆滋。"保胤和顺虽别无关涉,然基于兔

---

① 源顺 (Minamotono shitago 911–983),平安中期歌人、学者。三十六歌仙之一。著有《倭名类聚抄》、家集《顺集》等。

② 橘在列 (Tachibanano arithura 生卒年不详),橘秘树子,少有才识,因无门阀,遂断念于学问,至弹正少弼(巡查谏议官)。天庆八年(944)于比睿山出家。是年,弟子源顺编《沙门敬公集》,为之作序。诗作散见于《扶桑集》、《作文大体》、《和汉朗咏集》等。

死狐悲之道理，前辈知友渐次凋落，对于心地良善之保胤，凭添几多向佛之念。世情日蹙，人民不安，去年诸国盗贼蜂起，以致今年洛中①颁布政令，拘捕随便携带兵器之人。保胤身边并无此类事，此乃皆因道心久已成熟之故也。保胤遂于宽和二年，咬破自己所结之茧，终于落发为出家人之身。戒师是谁？不见任何书籍。对于保胤如此善信之人来说，道旁杉树，田畔木桩，足可为其戒师，人人咸宜。多武峰增贺②上人、横川源信③僧度，皆为当时高僧，且为保胤有缘之人。其他当然能使其得度者应有尽有。然而，亦非卖菜翁失掉爱女悲而自剃为僧，其事不传亦不奇怪。匡房《续往生传》仅记："及子息之冠笄才毕，遂入道。"据此可知，并非有何等机缘，因我儿已能独自立世，遂任早先心愿，至极安稳，时至如瓜离蒂而滑出俗界，后生愿为一方之人也。保胤之妻与子乃如何之人，更是不知。定是有子，然或属旁系之故，不见于贺茂氏系图。思之，妻与子乃寻常无异之人，可见虽属善人，亦所谓同草芥共朽者也。

保胤入道而成寂心，世间呼之为"内记之圣"。在俗时已全身心投之于礼佛诵经，成寂心后，愈益抖擞精神，问法作善，未尝少怠。有传云："经历诸国，广作佛事。"然别不传行脚之苦修谈等。出家后三年，为来投身于己者济度，名之"寂照"。此寂照乃后为源信使宋者，寂心和源信本为菩提之友也。抑或源信较之寂心年少而逊于源信，因此自幼

---

① 京都简称"洛"，洛中，京都市内。

② 增贺（Zoga 917-1003），平安中期天台宗僧人。橘恒平之子。号多武峰先德。从良源学显、密二教，通达止观。

③ 源信（Genshin 942-1017），平安中期天台宗僧人。卜部正亲之子。母清原氏。号楞严院先德。从良源学显、密二宗，学因明于清范。

就睿山之慈惠而学，励精刻苦，而成为显密双修、行解并列之雄杰也。此源信和寂心之间聊有趣谈，今已不能确知其出处，抑或《闲居友》①之类的古书上看到的吧，因记忆有误，只好省略不提。

一次，寂心访问横川慧心院，院寂然无人。不知是他行、禅定还是观法。因平素都是往来毫不拘礼的同士，寂心便不客气地随意溜达起来。到处不见源信，不久，寂心打开一座房门，心想源信必定在里面，然而眼前茫茫漠漠，一无所见。不，不是一无所见，惟有漫漫洋洋，如大河，如大湖，如大海，漪漪漱漱，汪汪滔滔，汹汹沸沸，烟波模糊，水光接天，只有水，别无他物。寂心后退一步，恰好取一木枕，投之于中，哗啦将门关上，回到院外。源信随后感到浑身一阵疼痛。随知寂心来后与他相戏，源信再次现出水来，让寂心将水中所投之物除去。于是源信回归原来自我。

此事对于今天的人来说，听起来乃是荒诞无稽之谈。也无法说得让他们易于理解。其实，这种事并非自源信、寂心始，佛经上《月光童子》的故事与此相同。童子于水观初成之时，因有无心小儿投瓦砾于水中，而感觉心疼。遂将瓦砾取出后方恢复安然。传上说，唐法进于竹林中修水观时，家人见绳床上有清水，将两颗小白石置于其中，随觉背疼。后除去则无恙。在日本，大安寺胜业上人成水观时，同样因投石而觉胸疼。看来此等事并非稀有之谈。至于是清水还是洪水，是瓦砾还是小白石，是什么都没有关系。慧心寂心有无这件实事，这也没有关系，只是有着这样的传说罢了。不，这传说也靠不住，只是寂心弟子寂照其后采取源信弟子同样

---

① 传说故事集。作者疑为庆政上人。二卷。1222年成书。收入佛教故事三十二篇。《平家物语》中《大原御幸》即源于此书。

的态度，到中国去了。由此可知，寂心和源信之间，平时经律之论、证解之谈，是互相交流的。当然，在文辞上寂心有一日之长，于法悟上源信有数步之先。源信《一乘要诀》、《往生要集》等著述不少，同寂心一样，都是寄心于笔砚之业的人物。

寂心因弥陀之慈愿而寄心于往生净土，实乃一素直之佛徒也。然而此时不像其后源空以后的念佛宗那样，其教义未能行于世。因此，舍闲阁抛等其他事，尽皆舍弃，专注于南无阿弥陀佛，唱名三昧未过二六时中，终被后世斥之为余业杂业。但以恭敬之心思维于正道正业，刻苦学而行之。故当增贺之圣于横川讲说摩诃止观时，寂心就而承之。

增贺乃参议橘恒平之子，据传四岁时着魔似的到睿山做学问，十岁上山就慈慧学习佛道。聪明惊人，学综显密，尤邃于止观。乃真正学僧气质，毫无俗气，深恶名利，严于修身，如断岸绝壁。《元亨释书》上说："安和上皇敕之为供奉，佯狂垢汗而逃去。"无所忌惮，做事多有愚痴。虽为他人所厌忌，但他是个向往随心随意而生活的人。当自己的师傅慈慧出任僧正，赴宫中行礼之际，一山之僧侣，翼从甚重，严整其威仪，壮饰其行色。本来，僧侣乃树上石下之人，虽御尊崇下，然不应与俗者共作月清云客而任官谢恩，喜不自胜，饰绮罗拜趋宫廷。因此，对于增贺来说，此种俗僧所为，并非完全中意。于是如卫府大官一般，身带豪华长剑，腰佩鱼形大刀，赤裸裸乘跨瘦牛之上，煞有介事地立于先驱之列，于都大路诸人环视之中，堂堂而行。群众愕然，僧徒震惊，此为何事？遂欲将增贺拦下。增贺厉声大喝，怒斥曰："僧正御车前驱者，舍我其谁也？"致使盛仪支离破碎。其为人也，或有人家举行盛大法会，于应招赴会途中，想到是否为立名之法会，若为立名，则是魔缘，遂揪住愿主

争议不休，终使法会归于夭折。他就是这么一位专找麻烦的僧人。

这样一个癫狂的僧人，当三条皇太后欲为尼而召增贺为戒师之时，他口吐粗言，大施恶行，使得位列华筵之上的月卿云客、贵嫔采女、僧众佛徒颤身失色，惭汗愤泪，无地自容。

此说想是并非假话。记载此事的《宇治拾遗》卷十二之文，故忌而省略不抄，虎关①禅师"出粗语"三字虽已言尽，然高雅而不知详情。大江匡房乃词藻丰富之人，时代亦相近，故不可不记而写之。然亦感笔锋甚为窘蹙，以"放臭风"三字写泻下之事而不得写也。遂以粗语译之为"谁人以增贺为嫪毐②之辈，启达后闱乎？"此亦不至仿佛，译之而失其真矣。这是没办法的，只能说匡房才拙，增贺狂甚罢了。释迦弟子中，有个叫迦留陀夷的，于教坛上大放秽语，以流传至今。然迦留陀夷只是有点儿呆气，增贺其时已届衰老之年，因不为宫闱所召，而斩钉截铁地狂叫。实际乃断岸绝壁，难以接近，身为天台禅而有祖师禅的味道。

具有断岸绝壁般的智识、清浅静流如碧玉的寂心，从之而学习《摩诃止观》。《止观》是根据隋天台智者大师所说，由门人灌顶所记。虽然唐毗陵堪然③之《辅行弘决》寂心未

---

① 虎关师炼 (Kokan shiren 1278–1376)，即海藏和尚。镰仓末期–南北朝时代临济宗僧人。长于诗文，五山文学先驱之一。著《元亨释书》、《济北集》等。

② 读作"Lào ǎi"，秦朝宫中舍人，淫者。

③ 堪然 (Tannen 711–782)，唐代僧人，天台第六祖。江苏荆溪人。因居所而称荆溪尊者，亦称妙乐大师。著有天台三大部注释书。

能得手，但寂心既以半生生活于文字之中，经论之香气亦浸润于身，故亦不能不读《止观》之文。然至其甚源微妙之秘奥处，即乞之而就增贺之坛下。当然，同会之僧亦有数人。增贺从头徐徐开讲起来，说道："《止观》明静，前代未闻。"至于何处能震动寂心之心胸，其意义乎？其声律乎？何章？何句？其讲明乎？演说乎？今已不传。盖不论某个处，某词句如何，抑或从全体意义之上，使得寂心大为感动而随喜，以致于流涕啜泣。于是，增贺忽下座旋即立于寂心面前，紧握拳头："哭什么？"随后照着寂心的面孔就是一拳。只因有些言动干扰了他的讲话，便对流下感动的眼泪、静静听讲的人大打出手，这使听众甚为扫兴，讲座不欢而散。这是不该有的事情，寂心不再流泪，大家对增贺抚慰一番，又请他开始讲经了。谁知，寂心又感动得哭了，增贺又用拳头打了寂心。如是，寂心哭了三次，增贺终于为寂心的诚心诚意所感动，堂堂增贺也只得敬服，遂竭尽自己之渊底，悉传与寂心。为什么哭？为什么打？这只有他们二人知道。同会的众僧不知，我等后人亦不知，如此也好。

　　寂心出家后，《往生续传》中只写着"经历诸国，广作佛事"，究竟如何，没有详述。既然一优柔的佛子，亦不必有其他等事。但"经历诸国"是指哪些地方，已经有证据说明西至播磨，东到三河。抑或更远一些。这是去播磨时候的事——建堂塔迦兰，本是为法为佛最善之根。寂心到播磨国后，亦照例劝进材木。在某地，已不知何处町镇，寂心偶见一僧人装扮者，被纸冠学阴阳师之风体，煞有介事地为人被襢。寂心本生于借阴阳道起家的贺茂之家，自己未以其道而成为儒道文辞之人，又弃其儒而入佛成现在之身，故大致知道阴阳道为何物。阴阳道自称法历纬驱鬼神，为世俗致吉襢凶。因儒而言乃巫觋之道，由佛而云乃旃陀罗之术。如今，

一心以法体而入菩提之大道、欲为人天之导师之人，眼见有人戴纸冠装神扮鬼借以骗人，何堪容忍？其时寂心骑在马上威风凛凛地赶路，见此情景忽然滚鞍下马，急忙走过去问道："御房呀，您在作何事？""御房"是对僧的称呼。"御房呀"此种口气于寂心很相宜。然而，此人戴纸冠作此等事，此时反而感到十分怪讶。"为人做被襁也。"那僧人回答。"为何戴纸冠？""被户家诸神忌法师，故少作被除之。"眼前寂心已经难耐，遂大放悲声，抓住阴阳师。阴阳师目瞪口呆，计无所出。"这如何是好？"请阴阳师来做法事的主家也大吃一惊。寂心犹自哭泣，抓掉他头上的纸冠扔到地上，泪水涟涟不止，哭诉道："御房这是作什？本为尊贵佛家弟子，而忌讳被户家之神，忘记如来之忌，一反世俗，戴冠造孽而限于无间地狱，作出如此违乱之事，诚可悲也。如欲强为之，请于此杀掉寂心吧！"阴阳师一时没了主意，不知如何是好。到底是个俗物，俗不可耐地加以辩白："您说的都在理，但是要度过此生，非如此不可。不然，何以养妻子，延续我生命乎？道业不改则不可称上人，虽为法师之形而实如俗人。纵然为后世所不齿，而按今世之习，当如是矣。"人世任何时候都有很多这样的俗物，这些俗物所说的话于俗世界又非常合理，令人首肯。然而，那些着眼于殊胜之世界决心奋进的人们，有多少被这一座大山阻挡，踌躇，徘徊，以致后退啊。惮于破额伤智而缺乏一往无前的勇气的人，皆面对这座大山裹足不前。艺术的世界，宗教的世界，学问的世界，人生战斗的世界，一百人有九十九人、一千人有九百九十九人，最终都在此处向后撤退。多数人所选择的道路自然是正确的道路。要是这样的话，这种戴纸冠而度世的人的作为无疑就是正确的，合情合理的。经这位御房毫无掩饰的一番表白，寂心立即无言以对。平时自己性格优柔，耻于用智谋处理事情，每日修行以完全消除霸气为目标，如今这一切都被推倒了。啊，现在不能不听他一句话了。但是，信仰总归是信仰。既然如此，先喘口气儿，看看如何才能在学习三世如来御影的头上，毫不犹疑地加上一顶俗冠，忍受不幸而做出这样的事。寂心说，果然如此，就应该把劝进人们建造堂塔的材料，全部送给御房，因为劝进一人成菩萨，功德胜过建造一座堂寺。于是叫弟子们将劝进之物悉皆运来，全都送给这位阴阳师僧人。自己该做的事不做，形单影只回到了京城。不知那位戴纸冠的僧人其后怎样了，只是从此以后，寂心什么事业都不做。难怪从未听说寂心建造过什么堂寺。后来高尾的文觉[①]，黄檗的铁眼[②]，都成就了一番事业，而寂心还是寂心。这样倒也没有什么不好。

　　寂心据说经过三河国，有留下的一篇题为《晚秋过参州药王寺有感》的短文为证。到三河是入道以后还是在俗时的事，因文章不记年月故不详。但做过近江掾（判官），大江匡房在《庆保胤传》有"绯袍之后，不改其官"的话。因为是京官，下三河一事当是为僧之后。文中云："余是羁旅卒、牛马走，初寻寺次逢僧，庭前徘徊，灯下谈话。""羁旅"、"牛马"二句似指在俗之时，"庭前"、"灯下"二句则说行脚修业之事。药王寺乃碧海郡之古刹，为行基菩萨所建。寂心为何下三河？是否为了劝进建造堂寺一事？这些皆无所

---

　　① 文觉（Mongaku 1139-1203），平安末期至镰仓初期真言宗僧人。俗名远藤盛远。本为北面武士，因误杀袈裟御前而出家，在熊野苦行，后中兴高雄山神护寺。主导修缮东大寺。助源赖朝起兵，赖朝殁后，流放佐渡，三年后召还。

　　② 铁眼（Tethsugen 1630-1682），江户前期黄檗宗僧人。名道光。劝进全国，企图复刻《大藏经》，十三年后完成。谥号宝藏国师。

考，但因抖擞行脚，渐次到达三河，也没有什么奇怪。尤其寂心为僧之后二三年，恰好是大江定基做三河守之时。定基乃大江齐光之子，齐光官至参议左大办正三位，他又是赠从二位大江维时之子。大江家自大江音人以来，作为儒道文学之大宗，音人子玉渊、千里、春潭、千古，皆善诗歌。千里善和歌，以《小仓百人一首》为人所知。玉渊子朝纲、千古，千古子维时，皆文章博士。维时子重光之子匡衡，亦为文章博士。维时子齐光乃东宫学士。齐光子为基亦为文章博士。览大江家之系图，文章博士和大学头①等不乏其人。定基乃为基之弟，匡衡是从兄弟。定基因父祖之功，及早擢为藏人②，二十几岁时任三河守。出自此中门第，故通文学，善辞章，又是一个英挺的男子。对于大江家，自菅原古人以来，尤其是古人之曾孙道真公出现之后，大举家声，菅原家亦辉耀于当时。寂心师事之文时，实为古人之六世孙也，如匡衡者，其文章诗赋亦乞文时点窜。定基无疑同属文雅之道，自然结识宝胤即寂心。不用说，因年辈之关系，宝胤当然为先辈。

三河守定基，年不到三十，任三河守自然全仗父祖之功。长子不用说，次子也是以身出世而显，一是因其人物英发，且长于学问词才，向上心强，有勇气，并得"二王"笔致，后世为中国人所赞扬。内心自有收养之功夫，卓然独立，所谓舍之亦有挺然超群之器量。

此定基三十岁，人生刚届三十，正是大展身手的时候，遂决心告别浮世，抛弃簪缨，离开光耀之门第，怀着一颗木

---

① 统辖幕府学问所一切事务的官员。即国子祭酒，祭酒。

② 天皇近侍官，负责传宣、进奏、典礼以及宫中杂务。

端竹片似的青道之心，走寂心之门，成为其弟子。虽说这是因缘成熟以致于此，然定基不像保胤那样，常年间彷徨世路，抑制道心归趣之后，渐至暮年，方才遁世入佛，而是另辟蹊径，为一段运命机缘所左右。定基秉家风，有性情，本来就亲近学问文章，其敏锐的资质日新月异，不断成长。然而，他那一副豪迈的气象，使他喜欢常常田猎驰骋，以开郁怀。如此之人，若长此以往，经年累月在世，则历练老成，成为国家有用之材，自然会出世而荣达。但是，一颗好松好桧，因某种机缘而心性折损，未能充分生长，而变得异样，这样也是世上常有的事。定基未曾料到会邂逅三河赤坂长身边一位名叫力寿的美女。所谓"长"即驿长，主管驿馆者即为"长"。当地长者主管驿馆，驿馆供官人或有身份者宿泊休息，给予旅行的方便，这源自一种半公开的制度。说不清何时，自然而然地驿长皆由女人来做，她下边的美女就像家中的女儿，照顾停宿的贵人等，逐渐成为一种习惯。一直到后来，不知不觉，"长"就意味着"家"，甚至成了"娼家"的代名词。不是一开始就如此堕落的，所以"长"家之女所生的优秀之士，历史上不胜枚举。"力寿"一名不见于《宇治拾遗》等，是否出现于后来的源平时代也很可疑。当然也不是凭空想象出来的。"力寿"这两个字先不管它，总之对于定基来说，这个前世因缘看来是十分美满的，这桩婚事也令他荡尽心魂。而实际上又是一位佳人，故三河守定基将力寿弄到了手。力寿也以身相报，这位赤坂长家之女，能为三河守所钟情，遂以满腔热诚侍候起定基来。

如果光是这些也就罢了，在当时不过留下一段绯闻。然而，其时定基已经有了妻子，其妻若能学着德川时代有身份有教养的女子那样说道："我是这家里的台柱子，这女子权当做瓶中花吧。"她要能这样人家也没话说了，可她没这么

炉边情话 LUBIANQINGHUA
连环记

做。本来女人家，都是受过太平盛世恩泽的滋育而长大的，一旦生活在艰难时世，就忽而萎缩、瘦小，变得可怜兮兮。日子稍微艰难一些，她们甘愿穿着一身粗布衣裳，提着水桶，气喘吁吁地干活儿，脸上一副悲悯的样子。但是在天朗气清、风平浪静的时候，须眉男子无不在她们面前伏首贴耳，拜倒在她们的石榴裙下，百般投其所好。画屏绣帐前面，摆满佳肴盛馔，她们盛装丽服，端然而坐，男人们唯唯诺诺，一旁伺候。平安朝正是太平盛世，这是个孝女才媛辈出的时代，什么紫式部①、红式部啦，什么清少纳言②、浑老纳言啦等一帮女子，显赫一时，不可一世。这个时代提倡尊重女性，一切异议均受压抑。故定基的妻子也毫不收敛，她怒火中烧，一旦发怒，就十分可怕，不可收拾。谁要是稍微靠近这盆烈火，谁就会被烧掉胡须。所以人人都远离了她。远离这一方，就会过分亲近另一方。亲近那一方，疏远这一方，这一方就愈来愈烈。越是逃脱，越是火上浇油。这火焰就像不动尊菩萨的背光一般，恶魔逃到哪里，这火就烧到哪里，不追上决不罢休，最终不得不投降。嫉妒之火也有穷追不舍的性质，不光烧掉你的胡须，还会蔓延到背上，使得身体的梁柱脊椎也会燃烧起来。这不像针灸，这是不断改换方向的战斗。这是世上常有的事情。这是一进一退的骚动，这时候写小说的人，都是些目光短浅、罪孽深重的家伙，到了这阵子便舞文弄墨，写一些似有若无，但又像亲眼所见的荒

---

① 紫式部（Murasaki shikibu 生活于公元1000年前后），平安中期女官。《源氏物语》、《紫式部日记》作者。藤原为时女，嫁藤原宜孝，未几死别。后仕奉上东门院（中宫彰子）。

② 清少纳言（Seshonagon 约966-1025），平安中期女官。三十六歌仙之一。精通和汉之学，著有随笔集《枕草子》和家集《清少纳言集》。

唐事。先不说这个，下面稍稍写点儿荒唐事，希望你务必把这件事看成是真正的荒唐。让我写出这件荒唐事的正是定基夫妇，是他们亲自导演了定基夫妇分手的故事。

定基的妻子叫什么？谁家之女？这些一概不知。那个时代的女子，不可能没有姓，但是如紫式部，姓"村"还是姓"里"？谁也说不清。清少纳言究竟姓"清"还是什么，也无人知晓，即使叫大家举手回答，一般的人也会袖手旁观，不予理睬。可不，人们未曾听说过在婴儿时代，紫式部也要吃奶，清少纳言也要撒尿，也喜欢和狗一道玩。这比"仙女西王母，姓侯名婉妤"之类想当然随心所欲的回答更麻烦，先不管他。不知道是美人还是丑妇，姑且把她当成一般女子吧。仅就她的气质看，倔强而不温和，可以想象从年轻时候起就和丈夫争高低。此女所要求定基的无疑是要他疏远自己的情敌力寿，可是定基被力寿弄得神魂颠倒，他当然不会答应。又加上性子耿直，对自己的妻子也不会搪塞敷衍，哪怕说一些甜言蜜语以求平安也好，可他全无这一套。所以，夫妻关系愈加险恶起来。肚饥者看到别人享受美馔，愈加感到饥饿之苦，这话是有道理的。饱汉看到别人挨饿，自会引起无限哀怜之情，这话也有道理。这里有一位定基的堂兄弟大江匡衡，匡衡是大江维时的嫡孙，门第亦好。定基乃匡衡之父重光之弟齐光之子，而且是老二。匡衡、定基年纪相当，才学不分优劣。然匡衡此时已名满天下。因了这样的关系，自然定基也立于与匡衡雁行的位置。定基娶妻的同时，匡衡也迎娶了妻子。两人做任何事情都相差不了几年。匡衡是个英才，相传七岁读书，九岁赋诗。受祖父维时之学，及长，以博学无所不涉称于世。其文章有英气，为当时之最。保胤的评语称："如锐卒数百，擐坚甲，鞭骏马，过粟津。"前面已记述其人之事。而且长于和歌，若论起男子气，身材佻

侥，双肩高耸，在那些细皮嫩肉的公卿们的眼里，绝不是个好男子。这种肩膀和菩萨肩相反，菩萨肩即像菩萨一样，双肩优柔，现在叫"抚肩"，耸肩现在叫"怒肩"，即汉语所谓"鸢肩"。"鸢肩、豺目、结喉、露唇"，往往是那些心高气盛之人的长相，不太为人所喜欢，因此也不是个好男人。然而，这个匡衡娶的妻子是一位首屈一指的女歌人赤染右卫门。其时匡衡尚未年届三十，赤染右卫门二十几岁，是否已生了儿子举周，不得而知。但这对年轻夫妇，女貌郎才，两情相配，琴瑟甚和，为人所羡。一方是定基夫妇之间，唇枪舌剑，日夜相争，走火冒烟；一方是堂兄弟匡衡夫妇，诗思歌情，卿卿我我，朝夕和睦。在定基一方看来，自然匡衡更加可羡，而现在自己一方无疑显得令人生厌。在匡衡一方眼里，定基既可怜又窝囊。这也难怪，在定基妻子看来，正如饥者观别人享受美馔，妒火中烧，不可遏抑。

赤染右卫门是个生下来就饱尝苦劳的女子。她本人尚不谙人情冷暖之时就置身于无情的纷争之中。说起右卫门的母亲，她到底有些什么来历，又有着怎样的身份，现在无法弄清楚。但右卫门之所以姓赤染，是因为她作为赤染大隅守时用的孩子而长大成人。可是当时著名歌人平兼盛称这孩子是自己亲生女儿，要把她领走，告到检非违使厅那里。检非违使厅是审理违法行为的机关，就像现在的警察局兼法院。母亲极力表明女儿不是兼盛的胤嗣，而兼盛则力陈是自己的亲生女儿。作为母亲，毕竟不愿舍弃女儿，这本出于母性之爱的本能，可以理解。然而，欲将离散的女儿重新夺回来，这也是真正父爱的强烈表现。因此，从男女情理上判断，兼盛稍微占上风，而女方理由不很充分。说起来已经长大成人的赤染右卫门，看起来很像是继承了歌人兼盛的骨血，才学非凡，人品优秀。故距当时不久的《清辅朝臣抄》等，都说成

"兼盛之女"云云。仔细体察一下这桩事情，当时时兴恋爱至上主义，女子一切都因爱情之命而行动，许以"不欺己"为好。这是一个怠惰的时代，右卫门的母亲和兼盛携手之时而怀胎，不知因何又离开兼盛而归于时用身边。兼盛乃三十六歌仙之一，是忠亲王的曾孙，自父亲笃行起赐平姓，具有和汉之才。然而，他只到从五位上骏河守，终于未享世荣，也许因年龄等关系，为女子所疏远。见兼盛集，序文中恋歌很多：如《寄语伊人》、《芳音杳然》、《冷若冰霜》、《长夜思君谁与共，中宵悲叹到天明》、《念卿卿不知，何以慰我情》、《愿闻佳音》、《君心何其冷》、《多情多恨》、《一腔情怀尽与君，不想已成他人妇》等等。《后撰集杂二》有一首虽然标明为无名氏所作，实际是兼盛的歌：

难波水边风吹苇，我恨君心太无情。

《新敕撰集恋二》上的：

白山雪下萌动草，相思想念又一年。

也是兼盛的歌。《后拾遗集恋一》：

初恋不怨君薄情，只缘我心火一团。

《续千载集恋五》：

我恨君心似流水，山端白云风扫去。

也是兼盛的歌。还可以举出几首来，也都是描写自认失败、

无能为力的哀歌，并且无形中可以看出，兼盛那种比对方年老而无可奈何的悲凉心境。这女子虽然一时寄身于兼盛，也许年龄不相当，或性格不合，终于投奔赤染氏，这位女子叫人不能不想到就是右卫门之母。当然，这些都是不着边际的推断，这个女子究竟是怎样的人，今天已无可考。兼盛乃出王家不远之人，想获得女儿之心相当迫切，他的故事一直流传至今。碰巧赤染时用其时是检非违使，谁也敌他不过，女儿终于随那女子一起被赤染氏夺去，当时的人不会不知道这段经过。因此，右卫门成名之前，是很吃过一段苦而为人们所同情的。

但是，右卫门不是一棵被不幸的霜雪压倒而消亡的小草。她侍奉当时权倾一世的藤原道长的妻子伦子，而且大有才名。伦子是子左大臣源雅信之女，原是道长正室，准三宫，与鹰司殿并称于世。成为这位伦子羽荫之人，真不知使右卫门感到如何幸运。假如右卫门天资不敏，作为其中一员，处于那种豪华骄奢、如花似锦、人多事繁的生活之中，最终是不可沐浴于道长的灿烂光环之下的。大凡诗人或歌人，既通人情，亦亲自然，尽管如此，但总有些特殊性情，虽说是大好人，也有常识性的缺欠，奇妙的怪癖，甚至于粗俗愚痴。但右卫门截然不同，她十分圆满周到，具有常人的性格，同放肆任性的和泉式部、过于神经质的右大将道纲之母等人各异其选。这是很久以后的事了，爱儿举周病重之时，奉币祈求住吉神，写下三首和歌：

千年住吉松树神，永伴吾儿保长庚。

再拜菩萨保吾儿，一路平安赴京城。

母子相别中心悲，但求我命换儿命。

此见于各种典籍，可知是个很好的母亲。为举周出世一事，她于新年朝廷选拔京官之时，冒着纷纷而降的大雪，夜访鹰司殿，请求任官之事。

为儿需请君怜我，趁此白头雪未消。

道长闻其歌，心生怜悯，因从其望，授举周和泉守。

忧愁拂去心坦然，拔开雪间见清泉。

此歌不知是道长还是伦子所赐。右卫门遂咏一首作答谢：

较之他人清泉涌，不如雪融长流水。

照好里说，右卫门机敏伶俐，照坏里说，这女子长于世故。还有，更令人吃惊的是，丈夫匡衡有一次回家来，思虑重重，好像有什么心事。她觉得奇怪，就问出了什么事，这位匡衡先生也是少欠度量，便说出了实话。原来四条中纳言公任①卿，打算辞去中纳言这个职务，他请纪之齐名起草辞章，齐名一挥而就，但是不合卿的心意。卿又委托大江之以

炉边情话 LUBIANQINGHUA
连环记

---

① 藤原公任 (Fujiwarano kinto 966-1041)，平安中期歌人，通称四条大纳言，中古三十六歌仙之一。后出家。长于诸艺，诗、歌、管弦，兼备"三船"之才。撰《和汉朗咏集》、《拾遗抄》、家集《公任集》等。

言，以言用心写成。可是，卿对这份草稿依然不满意。最后，他又托付匡衡完成这桩文案。齐名之文典雅庄重，以言之文文采飞扬，其风格虽然相异，但龙跃凤鸣，皆为文章之冠。然而两个人的文章他都不中意，这才又热诚拜托匡衡。同题异色，既然已有二文在前，匡衡所作，将于何处着笔？匡衡难于拒绝，归来思之，说："我也只能写些叫他无法满意的文字。故心中着急，闷闷不乐。"公任卿本人长于学问诗歌之才，右卫门看到丈夫此时此地是那么困惑、苦闷。她深深懂得，一个男人凭文章立身处世的道理。右卫门不能作出任何回答，暂时陷入了沉思。这种时候，很少有哪个妻子为助自己的丈夫而插嘴。当然，右卫门不光善于作歌，观其以歌咏《法华经二十八品》、咏《维摩经十喻》，可知定是一位有学问的人。但有关丈夫在外应对交际之文章，一个女人是不应该乱插嘴的。然而，她既是才女，深知世上的酸甜苦辣，于是进言曰："君之言甚有理。妾亦感齐名、以言君之文章无不可。然公任卿心高气雄，欲合其意，宜自先祖之贵述之，文中少露沉滞之意，恐合彼意，君以为如何？"匡衡点头称是。于是依此意草之，虽云辞表，笔调微扬其威。果然，此文甚合公任卿之意，遂奉其状，请罢免中纳言左卫门督。至少在公任卿看来，匡衡文威胜于齐名、以言，因而大得脸面。其文流传至今，此事甚有趣。读之，文中有言曰："臣幸出自累代上台之家，谬至过分显赫之任。才拙零落，槐叶①难期前踪；病重栖迟，柳枝可生左臂。"实谦虚中显矜持，何等有味？"槐叶难期前踪"，说得少有厌味。"柳枝可生左臂"，援引《庄子》，又豁然出彩，颇能令品位高蹈之

---

① 周代宫廷中种植三棵槐树，以示三公之位，大臣之位。参见《周礼·秋官·朝士》。

任卿公破颜微笑。其后曰"加之"，云"皇太后御上"："犹子蒙恩，兼长秋之监，尝药之事，无人相让。"又曰："暂继彼仙院之尘，偏宿此后闺之月。"此足可作时代之文章，使任卿公甚感喜悦。匡衡此功亦来自右卫门之助言。公任卿辞去中纳言左卫门督，特叙从二位。后至权大纳言正二位，这是众所周知的。右卫门之才，考此一事，实不可置之一隅，若为男子，当荣达之至。如此女子，按当时风俗，男女间崇尚自由，此乃后话，终为匡衡一时所负。匡衡以某

赤染右卫门

种因缘交上了三轮山稻荷祢宜之女。这里提到三轮这个地名，不见于《今昔物语》等书，亦非自己捏造。既无此地名，亦无其人名，一派茫然。《赤染右卫门集》记述三轮山一带，为我所用。右卫门如此聪明伶俐，既为女人，当甚为厌恶，不堪忍受，定然妒火烧心。右卫门无疑比匡衡多几分度量，经她一番责备，匡衡只得谢罪了事："对方手法高超无敌，一时被她降服。今后再不去那里了。"其实，男女之缘说怪也怪，犹如干柴烈火，迅疾燃烧。匡衡又到女子那里去了。于是，右卫门从女子身世至匡衡赴约的时间，一应调查清楚，趁着匡衡在那里之时，使使持一歌来，并责曰："取一收据。"其歌曰：

　　　我之宿所松无识，彼乃杉树引君还。①

意思是说：对方是稻荷氏之女，郎君只奔杉村而去。冷视兼轻蔑，不光指出"为狐所祟②，如此可喜乎"？又一针见血，痛快淋漓。使人读歌而不令其作答，正符合日本人谚语："生于暗无天日之中。"匡衡，这位身为中古"三十六歌仙"之一的男儿，还是作了一首答歌，打发了来使。其歌曰：

　　　待人山路多萦回，迷途欲返已过之。

意思是说："我不知道你在等我，便走上了那条道儿，实在对不起，只好请你原谅吧。"心中痛苦，付之于歌。走过头了，故说是见到杉树什么的，真是苦恼极了。歌仙的歌实在谈不上什么，音律不整，无足挂齿。然而，经过这次惩治，狐狸赶走了，从此以后，鸢肩长身、傲骨棱棱的匡衡朝臣变老实了，成了一位好爷们了。因为这首歌音律不整，手法拙劣，所以被认为是后来的作者所杜撰，关于这个问题太麻烦，不去管它，不过这首歌确实收在《右卫门集》里了。

　　赤染右卫门就是这样的女人。如此女子，年轻时代，血气方刚，心中一团火热，婚后过着温馨的生活。此时，在近亲的定基家中，为了一个卑贱的艳妇，冷雨悲风不断。当她知道那位年轻的妻子成天流着眼泪过日子，也就很难坐视不管。定基的妻子因为日日受到虐待，很可能向右卫门寻求些援助，右卫门虽然不能充当律师为她辩护，但有时候为她说

　　① 日语中的"松"和"待"发音同为mathu，"杉"和"过"发音同为sugi，此歌语意双关。
　　② 日本的稻荷神社是供奉五谷神的地方，"稻荷"又是"狐仙"的意思，故境内多设狐狸雕像。

句话也是很自然的。定基的家和右卫门不仅是同族之亲。当然，这话也许有点儿过头，其实定基之兄为基，在这个系谱里做过歌人、文章博士、正五位下、摄津守。此人和右卫门之间似乎有一段不平凡的心灵的沟通。当时记载此类杂谈的书籍，据我所知，不见有右卫门和为基的恋爱谭，所以不知道有否恋爱故事等。但很明显，为基和右卫门有不少歌咏赠答。不过，即使两人有过恋情，最终还是互相敬而远之。且事实上为基病弱而早夭。总之，此事只好不去管它。然而，从留存下来的几首赠答歌中分明可以知道，为基、定基兄弟的母亲和右卫门之间后来互致问候的情形。右卫门用梅花、常夏之花等为题，回答定基之母的歌。定基之母曾住在右卫门家，夜阑望月，听虫声唧唧，此时人皆睡去。她随之作歌一首，以叙老女悲怆之怀：

举头云去远，掩袖月来清。

为基、定基的弟弟中并非没有成基、尊基，但离开这两个可信赖的人，他们是否看到了袖中之月了？何其悲也！右卫门亦很感伤，作歌回答：

残月恋芳袖，虫声叹夜明。

此歌载于《续古今集》。一家人交往如此频繁，这也没有什么奇怪。

基于此种家庭关系，有着如此人品的赤染右卫门，对于定基受虐待的年轻妻子十分同情，她自然也站在了不支持力寿的定基之母一边。一天，右卫门说服定基："不该老沉溺于漂亮的力寿，要对妻子好一点儿。"她好言相劝，情理兼

到，巧妙地使他感到实在对不起自己的妻子。本来，有钱的人借钱救助穷苦的人，有才能的人用才能帮助笨拙的人，此乃社会的通则。所以像赤染右卫门这样的女子，当自己的儿子举周堕入爱河的时候，她想到了恋爱最为有效的武器——和歌，于是为举周写了不少和歌，寄给女方。她真是一位好母亲。可想而知，儿子举周有了这位母亲的帮助，该成为一个多么好的青年人。此歌留存至今，可知此事不假。然而对方女子还很年轻，对于赤染右卫门代作的那首秀歌，不知应该如何作答，幸好其姊是伟大的女流歌人和泉式部，于是就请这位姐姐代劳了。和泉式部代作的恋歌也确实留存到今天。由于双方手段都很高明，又经过双方无事找事的媒人的巧说雄辩，一切做得都很圆满，令人羡慕非常。谁知这件事到了最后，有一个名叫高武藏守师直的可厌的老头子，演绎成为是向花和尚卜部兼好①写情书求婚的故事了。《小仓百人一首》所载赤染右卫门的

> 一枕香睡兮人已醒，
> 起看夜月兮落西厢。

实在是一首好歌。但这并非是右卫门写自身之情，而是代别人抒发其时之状。妙语奇辞，绵绵情愫，起看夜空，月落西厢。尤其那个"兮"字，音贯古今，虽然至今已被使用千百次，但此字于此诗中的意蕴为他人所未有。收到这首歌的男子，想必宛若一只蜻蜓，被一面蛛网紧紧卷裹，不得脱身矣。此歌乃赤染右卫门才华横溢，妙手偶得。此歌言辞恳切，入情入理，如彼定基，哪里敌挡得过？于是佩服得五体

---

① 即吉田兼好，《徒然草》的作者。

投地，不得不举手投降。

　　但是事情并非这样。对于定基来说，力寿的爱已经彻骨浃髓。不，何止如此，早已使他神魂颠倒，投之于女人的怀抱中了。妻子已经不是妻子，只不过是袖上飞花、脚下落叶罢了。妻子也曾眼含怨恨看着这一切，而他只作篱外流萤等闲视。慈母也曾眼含关爱巴望他回心转意，他一时感动，但也只当云边鸟影掠过头。不管你是歌人才女、能言会辩、善解人意的赤染右卫门，也不管你身为本家阿嫂，任你说得天花乱坠，定基根本听不进去。他既不抗辩，也不反驳，权作树间蝉鸣，毫不在意。右卫门英雄无用武之地，然而她到底是个有度量的女子，还是苦口婆心劝说。可是，人除了有天生的性格、本领之外，还有一个无形的高度。定基的昏愦也有一个高度，为右卫门所伸手不可及也。她实在想不出好办法来，这世上还是有些高度是人所无法达到的。要是在战乱时代，管他萱草茅草一概被铲除，而和平之世，自己情愿做个疯子，社会拿他也没办法。定基就是这样的人。右卫门自尊自重之心受到伤害，到头来深感没趣，困窘无奈。她在定基的妻子、母亲面前也失了面子，只得忍气吞声，腆着脸面对定基说道："您好自为之吧。"而后败下阵来。至于右卫门如何巧言善辩，如何举重若轻推动事情的进展，这里本想略作叙述，但败阵之将，再说其勇亦感无聊，干脆省略不表。

　　再说定基，一丝不快似云烟过眼，瞬息即逝。而难以平静的是右卫门的心胸。对她来说，不是直接有无痛苦，而是自己所思所想，没有得到任何回应就灰飞烟灭了。不管是谁也会甚感苦恼。何况她是个自尊心很强的人，稍微受到一点打击就伤感非常，不能自拔。一个过去和自己互相敬爱、毫无憎恶之心的男人，如今对自己如此轻忽抑或蔑视，对其妻

由嫌弃又进而憎恶和虐待。她从旁劝说，言辞中略含同情其妻、谴责其夫的意思，谁知这样一来，愈加增其对其妻厌恶之情、虐待之状。所以右卫门对这位妻子甚为怜悯，而对那位丈夫越发憎恨起来。苦莫苦于自家心理无法平衡，犹如釜中煮粥，气泡时起时消，消而又起，心中不平之气断断续续，回还往复。于是，右卫门向丈夫匡衡诉说事情之委曲，讲述定基近况不良，告以其妻可怜之情，表示总想为之做点儿什么。然而男人究竟是男人，不愿管别人的事。匡衡听罢也想算了。但是右卫门的一番巧妙讲述，使得匡衡不能不考虑，要是自己也马虎从事，那么在爱妻眼里，不也和定基一样，对自己妻子太冷酷了吗？他与其说是出自对于定基的感情，毋宁说是被夫妻之情所打动，"好吧，我找机会给定基说说看。"匡衡和右卫门之间的感情就是不一般啊！

男女之间但有睽违，有人插嘴最为危险。如果男女之情得以恢复，便不会落下好来。因为你已成为了解他们老毛病的一个。如果他们不能言归于好，你的一番苦心也就毫无意义。不过要是亲族又当别论。然而，匡衡、定基都正值血气方刚、意得志满的年纪，双方都是有学问、有才干的主儿，哪怕一次简短的杂谈，也是你一言我一语各不相让，要是提起这种事情，自然不会有什么好结果。所幸，他们都不是高傲的愚人，两人都没有给后世留下什么话柄。但他们的感情则日渐睽离，匡衡是匡衡，定基是定基，各各峭立，疏远开来。细察之，一方定是力陈其为路花墙柳而目迷毫无好处，并以修身齐家之大事而讽谕之；一方因为无由反驳，只得默然置之。这种沉默，是无力对峙的困惑。又一方力陈其大江之家以儒而立，家内不齐，以致于出妻等事，甚是不好，对于一家一门来说，必受世间非难，是非常不利的行为。这一方对此又是沉默以对。抑或就"七出"而论之。所谓"七出"：一、无子；二、淫佚；三、不事姑舅；四、多口舌；五、盗窃；六、嫉妒；七、恶疾。对此，定基可以举出"口舌"与"嫉妒"两条来，不过他当前未必主张出妻，所以只能默默不语。不管说什么，一概保持沉默。匡衡同妻子右卫门一样，定基对他不理不睬，默然置之，也很感到难堪。遂觉悟到，力寿这个绝色美人是定基所沉溺其中的根源，那就将矛头转向"美色"吧。他以妲己和褒姒等妖艳的美女作例子，开始大谈起贪色误国的事来。楚王破陈，欲纳夏姬，申公巫臣谏之曰："贪色为淫，以淫为大罚。"贪色乃愚蠢之事也。"贪色"二字，实际上是对爱"女美"之人的一声警告。夏姬是淫佚之女，无疑是个美人。庄王容巫臣之谏，遂平安无事。正如巫臣说她是不祥之女一样，她是个到处散布不幸的女人。以力寿比夏姬，本无不可，但"贪色"一词毕竟会给定基以强烈的震动，因为他确实是在"贪色"。每个人当他受到别人严词谴责的时候，只要不触及要害，他都将漠然置之，一旦批其逆鳞，揭其疼点，他就会暴跳如雷，恨之入骨。本来，定基虽然一直脸色不好，但也只得听下去，不作任何反抗，但到这个时候，却勃然大怒起来。其一，这时他抑或在为一些头疼的事情发愁，例如如何处置老妻这个粘在脚心的饭粒等；其二，本来是一团乱丝，不知如何解开，正在大伤脑筋之际，有人从旁硬是扯其一端，于是越发难解难分，所以干脆取出快剪，一刀两断！定基突然反复谈到家中不合，如是因，如是缘，如是因，如是缘……据他所言，无论如何，缘分没有是非，离弃不中意之妻，圣人贤人亦不乏先例，何况我等。说到这里，他腰杆儿更硬了。匡衡愕然而退却。定基数月里都在面对这个问题，他自然脱口而出，滔滔不绝。《檀弓》"子母死不丧"条，分明可知孔子之孙子思子曾出妻。又该章写其门人问子思子曰："昔子之

炉边憜话 LUBIANQINGHUA

连环记

115

先君子不丧出母乎?"由此可见，子思子之父子伯鱼也出过妻。该章另一条曰："伯鱼母死，期而犹哭。"又分明可知，伯鱼之母即孔子之妻，亦被吾圣人孔夫子"出"过。至于圣人及其子孙因何而遗弃其夫人，恕我不学，未曾闻见。但孔子年十九娶宋之亓官氏，翌年生鲤，字伯鱼。鱼当其出母之死，期而犹哭是理所当然的。孔子之所以出亓官氏，说是因为因缘不合，我不能理解。谁能说圣人之德不足以齐家？然而夫子说过"惟上智下愚不移"。所谓"不移"，就是德化不及嘛。虽说圣人之圣德，但因年岁尚轻，不堪忍耐，遂放逐而去之欤？抑或于亓官氏有不相宜之事欤？此皆远古之事，如今考察起来是多么困难，我等凡愚只知因缘不可思议，要想知其缘由，真是难上加难……以上并非说明定基比匡衡学识渊博，而是定基把自己的境遇当做一个实际问题，冥思苦索的结果。匡衡不得不稍作退却。犹如相扑，定基出足迅速，匡衡终于被推出圈外。定基也不想争什么胜负，故没有一味穷追下去。不过匡衡切切实实感到自己被推开了。然而匡衡是鸢肩，一个倔强的男儿，如此一来，他的学问也受到挑战，这使他不堪忍受。他明知不是为争执而来，但还是不甘心败退。匡衡到底是个才子，笔下自有精兵百万。檀弓乃六国时人，《檀弓》一篇虽在《礼记》，但本出于传闻，多不可信。他完全可以搬出这一理论来，但这样做未免太迂阔、蠢笨，不如顺水推舟，"确乎如此!"——他略作思考，忽然有所得，不由笑了。他说道："是的，圣人亦有离弃不合性情之妻的事。然圣人出妻，未曾有再迎娶他人之妇为妻者。其证据是：孔子之子只有伯鱼一人，亓官氏所出只一子，伯鱼再无其他弟妹。又，孔子迎继室为何人，本人不学，未曾见及。"此言极富斡旋之妙。这次将定基的反手轻轻一拉，再从旁一推。定基未能抵抗得住，身不由己地倒了下来。他表明，即使要出妻，但并未使力寿以继其后。本来他抬出圣人就很奇怪，怪事总归是怪事。双方谈话虽说都触及了生活的实际，但好似口中含物，较量的结果都回到古书上去了。但这也好，书生谈话结束了，无棱无角，平平安安。

　　但双方心里不是不明白，这并非平常来往时的学问文章之谈，所以匡衡想："我对你苦口婆心，你怎么就听不明白呢？"而定基呢？他想："你干吗要大献殷勤，昨日是大才女来，今日是大学者来，究竟要说些什么呀？"他还想，必是家中女人对外走漏了风声，心里很不好受。所谓"物皆有因缘"这一说法，变好变坏都是如此。亲切反而成仇，援救最后产生隔阂，定基越来越疏远妻子，妻子越来越怨恨丈夫，无言的冷眼，满心的嫉妒，日日战火不息。定基终于提出要出妻的事，女子哭哭笑笑，毫无办法，最终离家而去了。当时离别的形式，因缺乏材料，今日不知其详。不论如何，总不会笑嘻嘻地分手。大凡离别，都是男的瞪眼睛，女的发牢骚，满心怨恨，满腹愤怒。不这样就分别不了。尤其是女方，一生一下子全被涂黑，定基的妻子也是同样怨恨、愤怒吧？她一定蔑视过去这个不像人的丈夫。因其行为恶劣，诅咒他下地狱，变畜生，做饿鬼，受罪，受苦。而自己的将来无光无色，无香无臭，面对一个阴暗冷酷的世界，只能怆然颤栗，感到不堪忍受吧？

　　大凡人间世界，夫妇别离后的女子，最值得同情。因为这决非出于纯善之心，无疑也存有不值得同情的地方。比如，定基的妻子假若鲜有嫉妒之念，定基尽管沉溺于力寿，也不至于强使之去。然而不管如何，女人一生的苦乐皆有赖于他人，同一个好歹定情的男人分手，实在是无法忍受的事。一旦走到这一步，男人总能拿到五分到十分。大不了，

他可以怀着一副雨晴脱蓑、水尽舍舟的心情同女人分手，一切都玩得那么干净，利落。有些并非十分可恶的男人，一旦怀疑爱情之上是否存有道德，这时候的女人就更加处于不利的地位。定基当然不是什么恶人，但若以马比喻，他是一匹烈马；作为人，他是一个天真的人。所以，他把老婆逐出之后，变得无忧无虑起来，全心全意爱着力寿。在任地三河，是身处最高位的三河守，自己之外，还有属官仆吏，行动自由，饮食皆精品，太平世界，公务清闲，无一不任心。他爱好狩猎，时常驰驱山野，快汗淋漓。逢到天润雨静之日，明窗、净几、香炉、诗卷，作吟咏翰墨之游，以颐养性情，无忧无虑，自由自在享受安逸的生活。然而，这样的好日子总有尽头。花无百日红，玉树也要凋残，这是人生的定数，造物岂独怜此人乎？抑或遗弃的妻子的咒语灵验了。不知打何时起，力寿成了麻烦了。当时的医术虽然尚处于幼年，但还是有相应对付的办法的。另外，十一面药师也有各种各样的修法和祈祷之术。疾病不会给人带来多大的苦恼，但正如瓶中的鲜花、篮里的香瓜，虽然备加呵护，也会日渐枯萎，失去光艳。定基焦躁不安，经常迁怒于人。很多时候，独自一人品味忧愁。寻求疗治的方法，近乎发狂。有时候，似乎病势转轻，元气也恢复了，清瘦憔悴的容颜出现了淡淡的红晕，不过这只是回光返照罢了。病人非常感谢定基的爱，她从他手中接过难以下咽的苦药，强装欢笑地喝了下去。定基心中明白，于是更加难过。修法的灵水、上供的清水，拿来让她喝，因为这些都是甘甜的清水，所以病人很爱喝，她看着定基微笑了。难道在这世界上，今天的凉水也变得这样好喝了吗？定基想到这里，不胜其悲，他的心在哭泣。病情也一点儿不见好。疾病日趋恶化，一日千里，定基看到了，其终点——死亡这个无底深渊一天天临近了。力寿仿佛也觉察到了，这从她的眼神里看得出来。但是两个人小心翼翼，极力避免谈论这件可怕的事情。他们互不相弃，一颗执著的心逆着世俗常态顽强跳动。

太阳每天都要落山，日影时时流动。力寿也懂得"树静风止"的道理，最终安然而逝。定基仿佛觉得自己也一同死了，但这只是暂时的，没死的还是没有死，确实活下来了。别了！二魂化为一了。彼舍我，我不能从彼。彼去了，我留下了，只有茫然、漠然，仅此而已。

谚曰："生相怜，死相捐。"若遵照其谚，定基早该请僧诵经，野外营送了。但为了推动社会现实按通常惯例向前进展，定基爱得十分执著，力寿的死也确实将我捐弃，可我不忍捐弃力寿。易簀按机、供花烧香等，任仆婢为之。唤僧殓柩之类，不下其命，谁也无法插手。一天过了，两天过了。也许因为病的性质造成的，几天过去了，至今其面容犹似生前。定基在其旁昼居夜卧，郁郁寡欢，身不由己，只是恍惚缥缈地度着日月。古书里这样写道：

> 悲哀之下，亦不下葬。日夜卧于一旁，窃窃私语，对口吮之。一股异香自口内出，心生悚惧，遂哀哭而葬之。①

生为人，死为物。定基本来深爱的是人，而不是物，但物犹如人，他愿永远相守。有时不由自主地用自己的嘴近吻死者的嘴。过去这段朴素的文字写得实在好。有一句说"一股异香自口内出"，这实际上是一种难以想象的、既可厌又可怕的香气。濒死的人的口臭有一种无可比拟的异香，俗称

① 参见《宇治拾遗物语》卷四，七五九《川入道遁世之间事》。

119

"菩萨味儿"，可怖可忌，死后数日而吮其口，可见亲爱之情如何执著。然定基毕竟是个豪爽的男儿，爱到此时、痴到此地，已达尽头。其时，渐次腐败的亡灵假如用牙签一般又细又冷的双手搂住男人的脖颈，说道："我喜欢你，定基!"真不知会怎样呢。自然的法轮不会逆转，定基对这样可怕的香气战战兢兢地后退了。人是很怪的，远海里毫无缘分的松鱼、金枪鱼的尸骸，吃起来津津有味，而要他吮吸可爱的女人的嘴唇，按理说是很自然很情愿的事，但事实上做不到。碰到野牛，这尸骸就是一顿美餐，但定基不是野牛，他是人，所以退却。虎关和尚在这里写道："会失配，以爱厚缓丧，因观九相，深生厌离。"这段话过于文饰，与事实相去甚远。"九相"是说死人的变化道程：膨胀相、青瘀相、坏相、血涂相、脓烂相、虫啖相、散相、骨相和土相。尽管想办法缓丧，但至关九相，并非长期不丧，大纳言说得好："吮吸其口。"于是，定基为力寿营葬。"葬"字，其意为"上下皆草，舍弃于草中也"。这个词儿就是抛放，抛弃于荒山野岭就算完事。无奈人生，人到了最后，不论主动被动，自然都是这个结局。"生相怜，死相捐。"力寿和定基终于以死相捐了。

为力寿而捐，又捐了力寿，其后的定基怎么样了呢？倒也没什么，只是一味感到空虚罢了。定基于空虚之中，头不戴天，脚不履地，东西不知，南北莫辨，是非善恶吉凶邪正，一概不晓，只是浑浑噩噩地过日子。四月到了，年年都是一样，风祭来临了。虽说风祭，不是指万叶歌里的

　　一夜樱花飘散尽，龙田大社祭风神。

那种风流的风祭，而是当时三河乡村的祭神仪式。将生赘献

给神，以祈求暴风恶风不要摧毁庄稼。趣意本不坏，每年都照例举行。定基是三河守，当然要参与这个活动。只是献生赞一件，是把野猪引诱到神前，男女一起将它干掉。野猪虽说是蠢物，但也不会伏首贴耳任其宰割，而是奔逃，抵抗。最后敌不过，便厉声哀嚎而死。定基见了，觉得可厌。然而又不能半途中止，只得强忍到仪式结束。所谓生赞，不知自何时始，我邦古之神代清明时期，似乎未有此说。中国似乎自古有之，"牺牲"这一概念不就是同思想和文物一起从中国传进我神国的吗？《今昔物语》上已经载有人身御供的故事，成为很久以后宫本左卫门之助勇武谈之祖。社会组织渐次发达途中，"生赞"有了再认识的趋势，然见到戮豵畜类的脚步，人们良心发现，虽说献神，但不能不怀疑这么做是否良善。换言之，"牺牲"一事对于社会果真是善举吗？这是值得怀疑的。然而照豪杰之士看来，献神式的牺牲自然不足论，否认这一点，国家组织就要解体，所以只要不是过着岩穴独居生活的人，就不应该怀疑牺牲，这是人类社会的实际情况。这是不久以后的事，定基过去喜欢狩猎，有人献给他一只活野鸡，定基说要杀了生吃，看味道好不好。奴仆中有一个心性粗野的人，一直把主人当做神看待，于是说："对，这样味道会更好。"有一位稍稍通达事理的人，以为这样做太残酷，但也没有去劝止。过一会儿使人拔毛，野鸡拼命挣扎，于是按住硬拔。野鸡不堪忍受，眨巴着泪眼望着周围的人。有的看到了，甚感可怜，退下来了；有的听到鸣叫越发狂笑起来，依然拔毛不止。拔完毛，命人宰杀，血顺着刀口涌流出来，野鸡惨叫一声断气了。"下锅炒了吃！"一声令下，一个无情的男仆照此办理，说："这样好，烧活的就是比死鸡味道香。"他们个个都是世中豪杰。定基眼看着这一切，终于不堪容忍，放声大哭起来。他否认自己是什么

豪杰，舍弃三河守，连衣袍都来不及收拾，如风飘落叶一般告别国府，前往京城。

不用说，官职官阶都不要了，一定是讶疑者、挽留者皆有之，同族朋友之中也会有人非难。但是，已经将一切打乱，变得一塌糊涂，什么也不管了，成了一个同社会格格不入的普通的生物。如果说献牲是正确的，那么怠惰献牲就是对于神明的大不敬、不道德和大罪恶。要求牺牲是神的权威，是高尚的德行，是光被一切、大慈大悲的神的自然的方则。有时候自愿成为神的牺牲，将自己的血肉肝脑献给神明，而以此为最高、最大、最美、最壮烈、最雄伟的精神大发扬，并把这当成纯粹的道德，从而与神获得一致，通过此种行为而使社会变得强劲和健全起来。不这样就无法出现强固的社会。社会凭借牺牲的积累和连续维持下去。否认牺牲就是最卑、最小、最劣的精神。对牺牲的强要、强求乃至巧要、巧求，是豪杰乃至智者。不甘忍受牺牲不过是鲋鱼一尾、鸡卵一个，实不可取。为求美味，生杀一卄只野鸡，是何道理？为献风神，用一二只野猪作生赞，又算什么？是卑怯小人，还是豪杰勇士？既然牺牲的积累和连续使社会得以维持，就需要有众多的处理牺牲的人，不，所有的人大致都互为牺牲者和被牺牲者，这才是人类世界的实相。人类互相甘心为他人作牺牲，这是爱；而强使对方牺牲，就是争斗。没有如此的牺牲，自己，他人，居乎中间的种种之相，即普通俗世之实相。自己失去已化作幻影的爱的世界，即成为苦难世界的一员，其身在俗世又祈求幻影的世界，不想接触迟早来临的可怕的物的香气，漫无边际，思绪恍惚，如绵绵而降的五月雨，度过不明不白的时光。经历此种境界的人，照他们的话说，是在所谓黑山鬼窟里讨活计。正在这时，仆从突然出现，手里捧着一个不知为何物的扁筐似的东西过来了。

"做什么?"经这么一问,那个老年男子回答得十分沉静,"一位并非卑贱之女子,举止娴雅,而为贫穷磨折,玉容憔悴。前来相求,再三拜托,愿将此镜出售,请代为物色买主。因不便强拒,遂不顾需要与否,特献于尊前,敬希过目。"此镜对于如今的定基又有何用?然定基询问彼女状况,据说是官居五位或六位之人的妻子,丈夫长期卧病,或因何事而穷乏难堪,遂将自己唯一宝镜作为牺牲而出售,以应一时之急。镜在当时犹很宝贵,定基开其筐观镜,但见包纸破烂,留模糊笔迹,上面写着:

今宵观此镜,泪影现伊人。

终不明白个中原委。要将自己宝爱如命的镜子卖掉,女子之心情和事情之真相,便在定基胸间历历浮现,他黯然瞑目,仰天长叹,不堪其哀。于是吩咐道:"镜子我不要,叫她拿回去吧。一定是有何急事,连我的东西也干脆都叫她拿去,好解她眼下之困苦。"说着拂去眼里的泪水。求售宝镜的女子究竟是个怎样的人儿?她和定基有着何种因缘?若是文化文政时候的小说,会加以详细叙述,而今丝毫不知其真相。这种事情抑或出之偶然,勉强求之,则人将脱离污浊世界之时,一种所谓"上求菩提之因缘"会奇怪地出现,这是净居天玩的伎俩。小乘教有这样的说法。按此说,是净居天将定基唤来的。定基为拯救该女子之穷困,把自己各种财物都给了她之后,奇怪的是心情忽然变得轻松愉快起来。于是,他弃家出行了。定基的母亲自然不会留下恩爱的泪水,她没有横加阻挡,反而向儿子的背影合十祈祷。"弃恩入无为,真实报恩者。"定基心中不停唱着偈,他是凭着母亲恩爱的泪水和自己随喜的泪水一路吟唱。

定基跑到了东山如意轮寺。这里住着流落于此的大内记庆滋保胤——寂心上人。定基端坐于寂心面前，尽述自家渊底，仰求寂心明鉴。寂心出尘仅二三年，如今已经泥水全分，湛然清照，既无浮世俗尘粘连之胶，亦无佛门金箔矫饰之臭，只是居于平等慈悲之三昧。二人谈话如何结果？究竟有没有这次谈话？此事亦不详。然机缘契合，仰尊师，容弟子，定基遂剃发接受得度，获青道心，法名寂照。时永延二年，年龄当在三十或三十一岁。

寂照入道之后，只是持道心，砺道行，诠道义，而无其他杂念，生活清净安宁。眼前日日开朗，观大千世界如掌中之果渐可视；未来刻刻展鲜，信亿万里程似一条大路通如砥。佛乘研修，不仅受寂心之教导，亦可得寂心师友惠心的指示。任其俊敏锐利之根气，亦为精到苦修之

庆滋保胤

至。惠心本是学风致密严详之人，寂照从之，大得其益。因而有传，说寂照为惠心的弟子。且惠心亦研修头陀行，当时圆融院中宫遵子，祭祀时新打造了金制餐具，惠心说这太过分了，因而制止前去乞食。这段传说写在《大镜》里了。所谓头陀行，是指佛门弟子按照如法应当实行的十二行当，故乞食不是唯一的行当，但衣二、食四、住六等法式中，第三、常乞食法，自然被视之为十二行中之中枢。修头陀行就是要行乞食。本来，头陀行就是为了清洗和改变这个并非优美、圆满、清净的俗世。为此，作为佛子，归依佛法，自己甘愿着污秽、蓝缕之装，

吃并非来自营利为目的的职业或产业制造的食物，以非排他护己的住宅为安身之所。一心一意归向清凉无热恼之菩提，这就是头陀行。其头陀行中之常乞食，一是作为解脱因缘所生之吾身的历程；二是使施我食者皈依佛宝、法宝、僧宝等三宝；三是使施我食者生悲心；四是使我无我心，而顺从佛之教行；五是易满、易养、易安之法；六是破诸恶之根干——骄慢；七是因行最卑下之法而致最顶上相之感得；八是产生仿效其他修善根者；九是脱离男女大小之缘事；十是因次第乞食之故，于众生中产生平等无差别之心。以此之故，当提出过于郑重之祭祀时，惠心对其灿烂之膳食曰"见此不忍"，则并非奇怪。好一个惠心，不忍见此光辉灿烂之景象，其惠心弟子寂照同样如此。昨天三河守，今日青道心。毫无相似之处。虽不以次第乞食为苦，但实际上也相当苦。所谓次第乞食，不论富家贫家，持钵次第立其门以乞食之。这是某日的事，寂照像师父惠心一样作头陀行。一钵三衣，安详立家家门而乞食，忽然被一家招呼进去，到里面一看，食物甚丰，院中敷设草席，欲作祭祀。他随意立草席上，唱言欲食。这时低垂的帘子渐渐卷了起来，向那边一瞧，一位艳装女子次第显现。帘子卷到了顶端，你当她是对谁说？女子喊道："那个乞丐，早知道你会有今天！"寂照看着女子，女子也瞧着寂照。面对面确实看清楚了，那正是寂照任三河守时逐出家门的女人！女子的眼神里含着无限的感慨，既有冤愤和委屈，又有胜利的骄矜。既冷峻，又轻蔑，既想痛骂他一顿，又感到他可怜无助。她想到自己沉沦于不幸，尝尽人间苦味，她想尽情奚落他一番。她像一把冰刀利刃，要深深戳穿定基身上每一块皮肉。说起来是如此，但这种种心情并非各个孤立存在，而是一同涌上心头，融汇成红黄蓝白的毒焰，迸发出来。女子发出极为缓慢而沉闷的

冷笑，分不清那是笑还是别的什么，她那妖艳、凄惨的的神色，任何绘画和雕刻都无法准确表达出来。

定基如果还是原来的定基，一石投入池水不能不泛起层层波澜涟漪。但寂照毕竟是寂照，只当是鸟影坠于溪上，白苹绿蒲，纹丝不动。如今，有六波罗蜜之薄衣护身，处于风中箭矢穿不透之境界。忍辱波罗蜜、禅波罗蜜和般若波罗蜜自然之律动，使得威逼而来的魔焰毒箭容易遮挡、消融。寂照只是平静地合十默祷，诸菩萨充满虚空看着他，对此，他心中一味抱着奉恩谢德之念。吹向我的灼热的火焰，由此脱离她的身子，给她遍体清凉。射向我的毒恶的利箭，因而飞出她的胸怀，使她内里清净。砍我、刺我、剁我的一切凶恶的刀枪剑戟，每当将要触及我的时候，其锋刃皆化作妙莲花的蓓蕾而纷纷落地。施行之食由彼与我而成彼之檀波罗蜜，我受之而以法酬彼故成我之檀波罗蜜，可眼观速疾得果之妙用。"恩那，我佛！"寂照端然摄食，唱自他平等利益之赞偈，默默离去。戒波罗蜜、精进波罗蜜，寂照越发励志于道。那女子其后怎么样了，史上无传。估计是当时有识阶级之女子，也许为佛缘所吸引而化度了。

寂照夹于寂心、惠心之间，又参学其他硕德，学德日进，为众僧所仰依，未经几岁，即为僧都。所谓僧都、僧正，本来是由俗界归理教界时临时产生的，按理说既不是名誉，也不该存在。寂照做僧都一事，见于《赤染集》。寂心似乎没有受僧官，但无疑得一世之崇仰。其后有曰："天下殆归己心。"宽仁二年冬，藤原道长一时高兴，也请求寂心为授戒师。这个藤原道长意得志满，吟了一首不怎样的短歌，曰：

此世即我世，望月亦无缺。

道长虽然请寂心授三皈五戒，但并不为寂心所重，于是这位时来运转、骄慢至极的御堂关白，觉得将这个瘦骨嶙峋、一本正经的寂心作授戒师，自己这个白衣弟子煞有介事地打坐在他面前，总有些不大正常。寂心于长保四年十月睡梦中离开此世，当其四十九日，道长为之布施，其讽诵文为大江匡衡所作，其承诺书为寂照所记，此等今犹存。匡衡一文写作日期为长保四年十二月九日，然《续本朝往生传》上有"寂心往生于长德三年"的记载，前后相差五年。《续本朝往生传》为匡衡之孙成衡之子匡房所撰，这是可信的，但为何产生这样的差异呢？世外老人之死，相差五年与否，都可能是真实的。思之，想是书写辗转之间出现的错误。长德一说也许是正确的，因为长保四年冬天，寂照已经不在日本了。

　　不论长德长保，总之寂心晏然而逝了。他毕竟不是俗界一大企业家，没有留下什么了不起的事迹。至于文笔方面，居官时拟永观元年改元诏，同二年，草上奉事诏，计有二十篇文，最后只留下《日本往生极乐记》等著述。然而，他在当时人们心中投下的影像，于点化定基一事上尤其突出。因而，关于此人的往生留下许多有趣的传说。普通信心深挚的佛徒、居士，总是一种"圣众来迎、紫云音乐以相贺"的所谓大往生。因此，向西方兜率天或什么遥远的地方移转，已成定规。然而记寂心之事，到此并未结束。他于东山如意轮寺逝去后，有人做了一个梦，梦见寂心上人为有利于众生，又由净土归来，重新居住于俗界。此等事历然记在《寂心上人传》里。将一个不知何人何时做的何种梦特意作为身后之事写下来，实为稀有。不过，这个梦究竟是梦中看见寂心上人现身而又听他亲口这么说的，还是做梦的人就是上人的化

身而遇到仙人的影像之类东西了呢？真是朦朦胧胧，莫知所云。这到底是怎么一回事？为什么会做这样的梦？古时有个叫吕洞宾的仙人，修道有成之后也不升天，一直留在人世幻化游戏，点化男女贵贱。自唐至宋随处留存着他的诗歌和事迹。宋人普遍信仰他，甚至为苏东坡的文章所引用，好像随时都能修法显灵。我邦俗间有一种信仰，认为弘法大师至今犹存，在那些算不上什么香客而供奉大师的世人中间，能够随时出现，以垂示拔苦与乐、转迷开悟之教。还有，自不必说，释迦也有"俗世往来八千次"之谈，《梵网经》等典籍上都有明示。本来，信赖弥陀、弥勒、释迦，口里念念有词，想独自一人转入极乐世界，而又装得若无其事，这是很自私的事。世上流行这样的谚语："雪隐①里吃馒头。"其心理既污秽又吝啬。一旦得到进入妙果之境界，自己就应该把善的东西施与有缘无缘之他人，这是自然的事。因而，按自然之法，那些成菩萨成佛者，都在忙于教化别人，这才是菩萨或佛。弥陀四十八愿，观音三十三身，不论如何辛苦，不论寄身于何种事，一切都是为了完善、拯救、化度这个世界。因为是佛菩萨，就应悠然坐在莲花上，饱尝饮食百味，这可不是什么佛菩萨。寂心自年轻时候起，慈悲之心及于牛马，此后出家入道，所证日深，净土于心比看邻家更近。最终，以致到达一跨此世彼世之境界。因而，往昔焦思苦虑之净土，已在吾掌中，未有刻意入净土而自然往来于俗界，以执化他之业。无疑，此种情绪，满怀于心。言语之端，自漏其意，然后便出现某人之梦、世间之传。自保胤时至慈悲及牛马之寂心，自己证得愈益精深，眼看着世人喘息于这个充

---

① "厕所"一词的雅语。源于雪窦禅师于浙江雪窦山灵隐寺司掌扫除厕所的故事。

满苦难的世界，他焉能视而不见？还是保胤的那个时代，其明眼所识已漏于其文章中。世间渐苦，一方面文化之花盛开，奢侈之风蒸暑；一方面人民生活日蹙，永祚暴风、正历疫病，诸国盗贼蜂起，一副善心看世界，该是何等哀痛！寂心哀世，世亦怀一如寂心之人。此亦为《寂心俗世归来谈》传世之所以也。当然，寂心不是辟支佛。

寂心的弟子寂照，亦就学于惠心，因其故，亦传为惠心的弟子。惠心撰《台宗问目二十七条》，欲就宋之南湖知礼①师而质之。知礼当时以学解深厚著称。此事不得详述，然惠心此人，凡遇新事物，似乎不问个究竟绝不甘休。不过，他又是一个谦虚之德和自信之操相对平衡的人，其性格爱追根溯源，不喜欢暧昧置之。窃以为这样的看法大致不错。传说此人撰《一乘要诀》时，梦见马鸣菩萨、龙树菩萨现身，摩顶赞叹，传教大师合掌，告以"我山教法今属汝"。虽言梦，而得会马鸣、龙树矣。又曾梦见观世音菩萨、匹沙门天王。梦中会见与现实会见本无大的差别。一个梦中被黑犬咬腿而惊悟的人，醒来后又像野猪被跳蚤咬了眼睛一般大叫大嚷一番，实在无聊得很。不过，梦里能够应付龙树、观音，倒也是个颇为潇洒的人。日常没有潇洒也就不会有此梦境。总之，如此惠心，撰写了《问目二十七条》，欲将此示之于中国知礼法师，欲得其答。不，抑或以问而求教乎？故不可令家仆持之以前往。适值寂照早已抱渡宋参拜灵场之念，故托之。其时，西渡大陆，较之今日出南冰洋捕鲸更会引起骚动。然不论惠心还是寂照，乃双方共同之愿望，寂照随之叩问母意。放吾儿赴沧海波遥之彼邦，对于一个不知明日若何

---

① 知礼（960-1028），天台山山家派代表。浙江四明人。同山外派论争，复兴天台宗教势。著《十义书》、《十不二门指要抄》等。

的老母来说，决非是件乐事，但此母不愧为寂照之母。恩爱之情，母子最甚。今日将别，实为悲伤。然汝为法为道而渡宋，娘亦该随喜，我何可夺汝之志也？遂以泪相许。寂照上表获朝廷恩准，终于长保四年发愿渡宋。

寂照有成基、尊基两个弟弟，成基此时已经成为近江守，所以对于将要别母出行的寂照来说，更可以放心了。但是寂照离开老母，老母没有强留寂照，慈母孝子相别一事，深深感动了当时的社会。况且，他是上自宫廷下到庶民一致尊崇的惠心院僧都的弟子，又带着僧都的使命，他还是那位人品优良的大内记圣寂心的弟子，再加上三河守定基出家因缘前后的故事广泛流传，所以这件事在男女老少之间一时成为佳话。寂照作请求文，为母亲到山崎的宝寺修法华八讲。愈将辞本朝时，愈法轮壮转，情界风起，随喜结缘之群众不计其数，车马填咽，四面成堵。讲师寂照如法诵文读经之时，无不感动而涕泣者也。此日出家者亦甚多，至于妇女，亦有自车上剪发赠予讲师者。席上自然有匡衡，亦有赤染右卫门。但是，他的那个逐出家门的妻子，究竟有没有在场，则不得而知也。

寂照走后翌年六月八日，寂心承止观的那位增贺死去，时年八十七岁。临死时，令弟子共吟歌，自己亦吟歌。其歌乃真正增贺上人的歌，曰：

八十人生实少有，谁见海蜇长骨头？

其甥春久上人居龙门寺，前来照料。增贺命侍僧拿围棋来。他平生不曾下过围棋，侍僧颇感惊讶，他想是否想要个佛像放在跟前呢？围棋拿来放到了面前，增贺一声命令："把我抱起来！"侍僧将他抱起，于是对春久说："下一盘吧。"春久有些不知所措，因为是自己敬畏的人的话，他不能不听。春久对阵，各自刚走了十手，增贺便说："算啦算啦，不想下啦。"遂将棋局一手打散了。春久诚惶诚恐问他为何想要下棋，他说："不为什么，只因自己做小和尚时看过人下棋，今天一面念佛，一面想起这事来，随便就下了，你不必介意。"又叫人拿泥障①来。真不知马的泥障对于一个濒死的人会有何用途。寺院里没有这东西，不论如何先找来，又喝令道："抱起我，将这玩意儿扎好，挂在我的脖子上！"不由分说，得照着他的吩咐办理。于是增贺伸展两臂，作为身体的双翼，说要裹着这件旧泥障跳舞。说罢就连连跳了两三次，然后又叫人拿走。过后，春久哆哆嗦嗦问他这是干什么，他满不在乎地说，小时候看到隔壁的许多小和尚在说笑打闹，其中有个小和尚脖子上挂着泥障，边跳边唱："蝴蝶蝴蝶，谁知我乐？泥障悬颈，且舞且歌。"当时感到很奇怪，后来把这事忘了，今日忽然想起来，打算学一学。九旬老僧，病躯瘠枯，悬泥障为翼，作蝴蝶舞。听一位有濒死记忆的人说，人将死时幼年的琐事会鲜明地映现于心头。晴天日将没于西山，反观东山山肤清晰可见。增贺上人遥望东山，整齐划一的围棋盘，滑稽有趣的蝴蝶舞，一切天真无邪之物，历历如在目前。不过，眼看着这些是不能终绝的，最后时辰引人去，室内廓然，居绳床，口诵《法华经》，手结金刚印，端然入灭。布袋、寒山之类谓之散圣，增贺亦可称平安时期之散圣乎？不，不加这样的评颂也好。

寂照入宋，遇南湖知礼，呈惠心《台宗问目二十七条》，

炉边慢话 LUBIANQINGHUA
连环记

---

① 系于马腹遮挡泥土之物。亦称"障泥"，苏轼《西江月》："障泥未解玉骢骄。"

求其答。知礼得问书一阅而叹赏，慨然曰："东方有如是深解之人乎？"遂作答释。先是，永观元年，东大寺僧奝然[①]，立入宋渡天之愿到彼地。其前年即天元五年七月十三日，奝然为母召开修善大会。母六十既老，然欲身超万里远行，思再会难期，欲为逆修之植善。时值庆滋保胤未脱俗作设池亭之年，保胤为奝然挥笔草其愿文。文甚长，洋洋数千言，尽情尽理，为充分震动当时社会之文也。此后，为饯奝然赴唐土而赴宴的众多人士赋诗以赠，保胤又为之撰诗序。如今，寂心已殁，不知何种因缘，寂心弟子寂照又独自渡宋土。奝然未赴印度，得《大藏》五千四十八卷及十六罗汉像还有今天嵯峨清凉院佛像等，宽和元年归朝。自此之后十六七年，寂照入宋。寂照人品学识皆胜奝然，彼土人士亦崇之为神州高德。知礼待寂照以上宾，以致天子延见寂照。宋主及见寂照，问我日本事，寂照请纸笔，答叙我神圣之国体、优美之民俗。文章如宿构[②]，无何阻滞，笔札遒丽，显"二王"之妙。此乃自是当然，记我国之事毫无造作矫饰，辞藻本出自承继大江家风之定基法师，又翰墨之书去空海[③]、道风[④]不远，实乃四五

---

① 奝然（Chonen ?-1016），平安中期东大寺学僧。京都人。983年入宋，受太宗紫衣和法济大师号。巡游五台山。归朝后于嵯峨野建清凉寺。

② 诗文等预先作好。参见《三国志·魏志·王粲传》。

③ 空海（Kukai 774-835），平安初期僧人。日本真言宗开祖。灌顶号遍照金刚。804年入唐，学于惠果。长于诗文，精于书道，与嵯峨天皇、橘逸势并称"三笔"。著《三教指归》、《性灵集》、《文镜秘府录》等。谥号弘法大师。

④ 小野道风（Onono tofu 894-966），平安中期书家。历仕醍醐、朱雀、村上三朝。与藤原佐理、藤原行成并称"三迹"。真迹有《屏风土代》、《玉泉帖》等。

年前刚失佐理那个时代之人也。于是，宋主（真宗）叹美日本之国体而无所措，又发倾倒于寂照才能之情，大喜，赐紫衣束帛，使置之上寺，赐号圆通大师。不知是否前世因缘所定，此时寂照与丁谓相知。

丁谓并非一位了不起的人物，但他无疑是一位颇为特异的主儿。《宋史·传》有贬之过甚之嫌。道佛教出世之后，倚道佛之人，一般来说，大致被历史评之为非善正之人。史传，丁谓遇寂照犹在壮年，后在贬所专事浮屠因果之说。可谓及早信因果之说，至后年遭贬谪愈益深信之，或早已为寂照所点化亦未可知。杨亿《谈苑》载有"丁谓供养寂照"的文字。何时至何时给予救助不得而知，但没有一位有力的檀越跟着，寂照不可能长居他邦，看来此是事实当无疑。

丁谓，苏州、长州人也，少时同孙何共袖文谒王禹，王见其文大惊，褒之曰："唐韩愈、柳宗元后三百年始有此作。"当时并称孙、丁。然孙、丁之名为稍后而出的欧阳修、王安石以及三苏之名所掩，今知者亦少。淳化三年进士及第，任官，因其政事之才立功，累进至丞相，得真宗信赖，乾兴元年封晋国公。任苏州节度使时，真宗赐诗曰：

> 践历功皆著，
> 咨询务必成。
> 懿才符曩彦，
> 佳器贯时英。
> 善展经纶业，
> 旋升辅弼荣。
> 嘉亨忻盛遇，
> 尽瘁罄纯诚。

因此，尽管以寇准等优秀人物为政敌，然长时期享受殊荣。与其重政力，毋宁以用智为主，凭法制，重经济，撰《会计录》，上奏欲为赋税户口之准。文如此，又善诗，图画、弈棋、营造、音律，无不通晓。茶亦自此人至蔡襄得以进步，更通蹴鞠，其诗见《温公诗话》和《诗话总龟》。真宗崩，受其后之恶，因擅改永定陵被罪，且因与宦官雷允恭交通遭物论，远贬崖州，数年徙道州，致仕居光州而卒。即为政敌所败而置之于死地矣。谓，如是之人也。

知礼答释既成，寂照理应携归本国。但不知何故，其时势威日盛之丁谓欲挽留寂照，极力述说姑苏山水之美，命照之徒弟持答释以归，置照于吴门寺，优遇无不至。寂照既为佛子，犹如一切河川入海即为海，一切氏族入释门皆为释氏也。因未有东西分隔、非归日本不可之必要，寂照遂止于吴门寺。人人皆知寂照戒律精致、优秀而有高德，三吴道俗渐多归向，寂照之教化得以大行。而后，寂照在吴三十余年，于仁宗景祐元年，我后一条天皇长元七年，留下"仙乐云上来，耳畔若有闻"这首歌，莞尔笑而终。

丁谓亦先于此一年二年，死于明道年间。寂照平坦三十年生活时期，而谓正行于险峻之世路，时上时下。其间，谓与照别无可谈。谓是谓，照是照。最初，谓不断侍奉照，照赠谓黑金水瓶，附诗曰：

提携三五载，日用未曾离。
晓井斟残月，寒炉释碎澌。
鄱银难免侈，莱石易成亏。
此器坚还实，寄公应可知。

似应有答诗，因无《丁谓集》，故不知。照给谓留下之话语仅止于此。谓流放之崖州，乃当时荒蛮之岛。谓作诗曰：

> 今到崖州事可嗟，梦中常如在京华。
> 程途何啻一万里，户口都无三百家。
> 夜听猿啼孤树远，晓看潮上瘴烟斜。
> 吏人不见中朝礼，麋鹿时时到县衙。

本以为将死于流放地，然居此处三年，得还内地时有句曰：

> 九万里鹏重出海，一千里鹤再归巢。

仅此亦足可惧，然流放产沉香之地，凭此因缘，撰《天香传》一篇，贻惠后人。实专论赞香事者，《天香传》为最初也。而传至今日。如此参香之人之终末，记于宋人魏泰《东轩笔录》。曰："丁晋公临终前半月，已不食，但焚香危坐，默诵佛经，沉香煎汤，时时呷稍许。神识不乱，正衣冠，奄然化去。"

（昭和十六年四月）

命运

LUBIANQINGHUA

炉边情话

明太祖

命　运

　　世自有数乎？说有如有，说无似无。洪水滔天，禹之功治之。大旱焦地，汤之德济之。如有数，而又如无数。秦始皇统一天下称尊号，威焰实不可当。然有水神夜现华阴，以璧托使者，曰："今年祖龙死。"果不久始皇崩于沙丘。唐玄宗开元享三十年太平，恣意于天宝十四年之华奢，然当开元盛时，一行阿阇黎奏"陛下行幸万里，圣祚无疆"，欲令白其难解之意，及安禄山乱起，天宝十五年入蜀，至万里桥，始瞿然有悟。此等事思之，虽似无数，而似有数。见《定命录》、《续定命录》、《前定录》、《感定录》等小说野乘所记，遂疑吉凶祸福皆有定数，饮啄笑哭悉因天意。然纷纷杂书，何足信也。假令有数，亦是难测之数。与其畏难测之数，俯首于巫觋卜相之徒前，毋宁从可知之道，安心于古圣前贤教化之下。且人之常情，败者则叹称天命，成者则夸说己力。二者共可陋矣。事败归于吾德不足，功成委之事有定数，则可谓其人不伪而真，其器不小而伟也。先哲曰："知者不言，言者不知。"言数者不知数，不言数者或能知数也。

　　自古至今，成败之迹，祸福之运，足以使人潜思发叹者固然多多，然人之好奇犹嫌不足，于是才子驰其才，妄人恣其妄，空中筑楼阁，梦里画悲喜，意设笔缀，以为乌有之谈。或微有所本，或全无所据。曰小说，曰稗史，曰戏曲，曰寓言，即是。作者之心盖可谓极奇极妙。岂可图造物之脚色由绮语之奇而奇，因狂言之妙而妙；才子之才亦有不能敌之巧致，妄人之妄亦有不可及之警拔乎？不信吾言者，试看建文、永乐事。

　　我古小说家之雄为曲亭主人马琴。马琴所作长篇四五种。《八犬传》之雄大，《弓张月》之壮快，虽皆为江湖所啧啧称之，然较之《八犬传》、《弓张月》优而不劣者乃为《侠客传》也。可憾者其所叙盖未及完成十之三四，笔砚空留曲亭之净几，主人既逝而为白玉楼史、鹿鸣草舍翁续之，亦以功未遂而死。世未能观其结构之伟、轮奂之美而已矣。然考其立意排材之所以，足可推知：此乃自是假楠氏之孤女，欲为南朝吐气之一大文章也。惜哉，其未成矣。

　　《侠客传》自《女仙外史》换骨脱胎而来，其一部虽凭借《好逑传》，然全体由《女仙外史》化来则不可掩。此姑摩媛即彼月君也。月君为建文帝举兵一事，不能不是姑摩媛为南朝致力之蓝本。此虽为马琴腔子里事，假若马琴仍在，听吾言则将含笑点头也。

　　《女仙外史》一百回，乃清逸田叟吕熊、字文兆者所著。康熙四十年起意，至四十三年秋卒业。其书之体虽同于《水浒传》、《平妖传》等，然立言之旨在于扶植纲常，显扬忠烈，并以南安郡守陈香泉序、江西廉使刘在园评、河西学使杨念亭论、广州太守叶南田跋而传世。幻诡猥杂之谈插以干戈弓马之事，慷慨节义之谭交以神仙缥缈之趣。似《西游记》而夸诞少逊，近《水浒传》而豪快不及，如《三国志》而杀伐稍少。然并有三者佳致而构成一篇奇话，乃胜《西游》、《水浒》、《三国》诸书之所以也。其大体风度可谓一

似《平妖传》。可憾者通篇多儒生口吻，说话硬固勃率，谈笑少流畅尖新之处也。

《女仙外史》名喻其实。主人公月君、辅月君之鲍师、曼尼、公孙大娘、聂隐娘等，皆女仙也。鲍、聂等女仙，本不过自古传杂说取来而彩色之，而月君即山东蒲台妖妇唐赛儿也。赛儿作乱乃明永乐十八年二月，与燕王篡夺、建文逊位不相关涉。建文虽忧未死，然篡夺事成既经十七春秋，赛儿缘何为建文举兵乎？然以一妇人之身起兵屠城，令安远侯柳升劳于征战，使都指挥卫青戮力击攘、都指挥刘忠战殁，至山东之地一时受骚扰，此皆为稗史之好题目也。加之赛儿有洞见预察之明，能幻怪诡秘之术，得天书宝剑，为惠民布教之事，亦不能不是稗史之绝好资料。赛儿实迹既如是，假此来以为建文逊位堕泪、为燕棣篡国切齿，慷慨悲愤，作回天大业之女英雄也。《女仙外史》惹人爱读耽玩之所以决非甚少，而得一篇淋漓笔墨、巍峨结构之所以又决非偶然。

赛儿乃蒲台府民林三之妻，少仅好佛诵经，别无异也。林三死，葬之郊外。赛儿祭墓，归途经一山麓，暴雨之后山崩石露。视之乃一石匣，就窥之，遂得异书、宝剑。赛儿由此通妖术，剪纸为人马，挥剑为咒祝，削发为尼，布教里间。祷之有功，言之有验，民翕然从之。赛儿又与饥者食，给冻者衣，赈济良多，终于追随者及数万，尊称为佛母，其势甚洪大。官恶之，捕赛儿，奉赛儿者董彦杲、刘俊、宾鸿等，奋而起战，益都、安州、莒州、即墨、寿光等，山东诸州鼎沸，官贼交互有胜败。至官兵渐多，贼势日蹙，捕得赛儿，将处刑。赛儿怡然不惧。剥衣缚之，举刀砍之，刀刃不能入，不得已复下狱，机枷被体，铁链系足置之，俄皆自解脱，竟遁去不知所终。三司郡县将校等，皆以失寇被诛。赛儿如何？其后踪迹杳然不知。永乐帝怒，凡北京、山东尼姑尽逮捕上京，严重勘问，终至天下尼姑尽皆逮捕之，然未能得而止，遂使后来史家妖耶？人耶？不吾知之。

世所传赛儿事既甚奇，不假修饰而成一部稗史。《女仙外传》作者借以鼓笔墨亦宜矣。然赛儿之徒，初无大志，仅因官吏苛虐，而后暴烈迸发扬焰也。考其永乐帝索赛儿甚急，及赛儿之徒窘穷执戈而立，或称建文抗永乐亦未可知也。永乐时，史多曲笔，今焉得知其实？永乐帝篡夺成功，而聪明刚毅，为政甚精，辅佐又多贤良。以此赛儿之徒虽忽而潜迹，若如陈涉、张角出秦末汉季之世，以致而为动天下之事业，亦未可知矣。呜呼，赛儿亦为奇女子也。而借此奇女子而使永乐与建文争，《女仙外传》之奇，在于不求其奇而自然得之矣。虽然，予犹谓，逸田叟之脚色，假后来方稍奇，造物爷爷之施为真且更奇矣。

明建文皇帝，实继太祖高皇帝而即位。时洪武三十一年闰五月，即诏明年为建文元年。治世整五载。然未得庙谥，正德、万历、崇祯间，事尝议，而未遂。明亡，清起。至乾隆元年，始得"恭闵惠皇帝"谥。其国德衰泽竭，内忧外患交逼，垂于灭亡之世，虽有帝崩而无谥之例，然观明之祚其后犹继续二百五十年，此时太祖圣德伟业，炎炎扬威，赫赫放光，以致天下万民悦服，诚不该有此不祥之事也。其所以如是，不知天意耶人意耶。一波动而万波动，不可思议之事重叠连续，其狂涛震撼天地四年间，其余澜不能不渐浸万里外之邦国矣。

建文皇帝讳允炆，太祖高皇帝之嫡孙。御父懿文太子，本应绍太祖，然不幸早逝。太祖时御龄六十五，本遽起自淮西一布衣，腰间之剑、马上之鞭，十五年斩麾四百余州，而成帝业。此大豪杰，薄暮失烛，荒外野旅，不堪身心困疲而

泣萎。翰林学士刘三吾，叹而白之曰："既为皇孙，何可候也，储君出而系四海之心，然不可过忧。"实使之点头。其岁九月，立之而定为皇太孙，即后建文帝也。谷氏史书曰"建文帝生十年，懿文卒"，盖有脱字，别父君立储位时，正十六岁。资性颖慧温和，孝心深厚，父病期间，三岁昼夜不离膝下，及薨，思慕之情、悲哀之泪不绝。身甚细瘦，太祖见之曰："尔实纯孝，我老矣，亡子赖孙，不能不念我也。"过哀而毁其身，则爱抚过矣。其性质之美，亦可推知。

初，太祖命太子决奏章，太子仁慈宽厚，于刑狱多轻宥。太子亡，使太孙当事，太孙亦性宽厚，多自植德，又请太祖遍考礼经，参酌历代刑法，刑律以弼教为所以，凡于五伦相涉者，皆屈法以伸情。据此意而得太祖准许，改定律重者七十三条，天下大喜，无不颂德。太祖言："吾治乱世，不得不重刑，汝治平世，刑自当轻。"此乃当时之事也。明之律，太祖平武昌吴之元年，以李善长等考设为初，自洪武六年，历七年，及刘惟谦等议定，所谓《大明律》成。同九年，胡惟庸等受命有所厘正，又经同十六年、二十二年之编撰，终至洪武之末，更定《大明律》三十卷大成，颁示天下。自吴元年至于兹，积日久，致虑精，一代之法始定，至朱世终，成决狱拟刑之准据，而使后人视之，较唐简核，而宽厚不如宋，其恻隐之意散见于各条。余威远及我邦，以致令德川期识者对此研究之，使明治初期之新律纲领对此有所采之。太祖英明，致意民人深远无疑；太子之仁，太孙之慈，亦人君有度，当谓明律因以而成也。太祖既崩，太孙即位，喻之于刑官："《大明律》皇祖所亲定，命朕细阅，较前代往往加重，盖刑乱国之典，而非百世通行之道也。朕前所改定，皇祖已命施行，然罪可矜疑者尚不止此。此乃律设大法，礼顺人情，以刑齐民，不若以礼也。以此喻之天下有司，务崇礼教，赦疑狱，使称朕与万方之嘉意。"呜呼，既孝于父，又慈于民，帝性善良，谁可然之耶？

如是之人，终至称帝而不得保位，归天而不能得谥，无庙无陵，西山一抔土，不丰不树。呜呼，又何奇耶？且其因缘之纠缠错杂，果报之惨苦非酸，而其影响或刻毒，或杳渺，奇亦可谓太甚矣。

至建文帝不得不逊国之最初要因，在于太祖封诸子过当，与地广，附权多。太祖一旦定天下，考其前代宋元倾覆之所以，思宗室孤立乃无力不竞之弊源，封诸子于四方，使之有兵马之权，欲以藩屏帝室，拱卫京师。是亦不无故也，兵马之权，落于他人之手，金谷之利，非一家之有。将帅在外，傲私奸邪之间，一朝有事，则都城不能守，宗庙不能祀矣。若夫众建诸侯，分王子弟，皇族荣满天下，人臣无隙得势。于此，第二子樉，封秦王，就藩西安；第三子棡，封晋王，居太原府；第四子棣，封燕王，居北平府，即今之北京；第五子橚，封周王，居开封府；第六子桢，封楚王，居武昌；第七子榑，封齐王，居青州府；第八子梓，封潭王，居长沙；第九子杞，封赵王，此三岁殇，未及就藩；第十子檀，封鲁王，十六岁就藩兖州；第十一子椿，封蜀王，居成都；第十二子柏，封湘王，居荆州；第十三子桂，封代王，居大同府；第十四子柍，封肃王，就藩甘州府；第十五子植，封辽王，居广宁府；第十六子栴，封庆王，居宁夏；第十七子权，封宁王，居大宁；第十八子楩，封岷王；第十九子橞，封谷王，所谓谷王，因其所居乃宣府上州之地也；第二十子松，封韩王，居开原；第二十一子模，封沈王；第二十二子楹，封安王；第二十三子楸，封唐王；第二十四子栋，封郢王；第二十五子㰘，封伊王。沈王以下，及永乐始

就藩，姑措而不论。太祖封诸子为王可谓亦多，亦可谓近致枝柯甚盛，本干却呈弱势矣。明之制，亲王被授予金册金宝，岁禄万石，府置官属，护卫甲士，少者三千人，多者至一万九千人。冕服车旗邸第，天子下一等，公侯大臣，伏而拜谒。尊皇族，抑臣下，亦可谓至矣。且元裔犹存，以时出没塞下，使接边诸王专制国中，得拥三护卫之重兵，遣将征诸路之兵，必关白亲王乃可发也。诸王得权亦可谓大矣。太祖意谓：如是则本枝相帮，朱氏永昌，威权不下移，无地生倾覆之患。太祖深智达识，诚能鉴于前代之覆辙，欲贻后世之长计。然人智有限，天意难测。岂图乎哉？太祖熟虑远谋所施为者，竟致孝陵之土未干而北平之尘既起、矢石雨注京城而皇帝云游遐陬之因耶？

太祖封诸子之过，夙有论以为不可也。洪武九年，建文帝未生时最甚。其岁闰九月，常有天文之变，下诏求直言者。山西叶居升上书，言三条：第一，分封太侈；第二，用刑太繁；第三，求治太速。其论分封太侈曰："'都城过百雉者，国之害也。'亦见于传之文。国家今有秦晋燕齐梁楚吴闽诸国，各尽其地而封之，诸王都城宫室之制，广狭大小，亚天子之都，赐之，以甲兵卫士之盛。臣窃恐数世后尾大不掉，然后之削地，之夺权，则起怨也。如汉之七国，晋之诸王，不然则恃险争衡，不然则拥众入朝，甚者则缘间而起，防之不及。孝景皇帝，汉高祖孙也，七国之王皆景帝同宗父兄弟子孙也，然当时一旦削其地，则构兵向西。晋诸王皆武帝亲子孙也，然易世之后，迭以拥兵危及皇室。昔贾谊劝汉文帝，白以防祸未萌之道。愿今先节诸王都邑之制，减其卫兵，限其疆里。"居升之言自有理，但太祖有太祖之虑，其所说正与太祖所思相反，故太祖甚不喜，终置居升于狱中。居升上书后二十余年，太祖崩，建文帝立，居升所言不幸有验，汉七国之喻遂成眼前之事也。

七国事，七国事，呜呼，缘何与明室因缘殊深乎？此乃先于叶居升上书之出九年，洪武元年十一月事：太祖命于宫中建大本堂，充以古今图书，使儒臣教授太子与诸王。《起居注》之魏观、字杞山者，侍太子说书。一日，太祖问太子："近儒臣讲经史何事？"太子答曰："昨日讲《汉书》七国叛汉事。"因而谈其事，太祖问："其曲直在孰？"太子对曰："曲在七国。"时太祖未首肯，评论曰："否，其讲官之偏说，景帝为太子时，投博局杀吴王世子，及为帝，听晁错之说，削诸侯之封，七国之变实由此。为诸子讲此事，藩王者，上尊天子，下抚百姓，为国家之藩辅，可谓无扰天下之公法。如此，则太子者应知敦睦九族，隆亲亲之恩，诸子者应知夹翼王室，尽君臣之义也。"此太祖之言，正是发此时太祖胸中之秘，因夙有此意，经二年余，洪武三年，封樉、棡、棣、橚、桢、榑、梓、檀、杞等九子，为秦、晋、燕、周等王。其甚者，生甫二岁、或生仅两个月，亦封藩王。次之，洪武十一年、二十四年，两次封幼弱之诸子。而因夙有此意，深怒叶居升之上言，以致令其狱死。且太祖喻懿文太子七国反汉之事时，建文帝尚未生，明国号始立，然何图也？斯思仅为俊德成功之太祖孰虑远谋也。共其身死，直成祸端乱阶，懿文子允炆，遂窜于七国反汉之古一变为今日事也。纵令稀世英雄朱元璋，于命数之前，亦如一片落叶舞东风矣。

七国事，七国事，呜呼，缘何与明室因缘殊深乎？洪武二十五年九月，承懿文太子后，其御子允炆即皇太孙之位。继绍之运既如是，下所系四海之心，上所宣一人之命，天下皆喜，庆贺皇室万福。太孙既立为皇太孙，明为皇储，龄虽

犹弱，不久即为天下之君，诸王虽或有功，或有德，亦应远而俯首奉命，于理当敬之。然诸王挟积年之威，借大封之势，且以叔父之尊，多有不逊之事。皇太孙如何心苦而厌思矣。一月，坐于东角门，侍读太常卿黄子澄者，告以诸王骄慢之状，曰："诸叔父各各拥大封之兵，负叔父之尊，傲然临予，行末之事该如何？对此，欲问制之之道。"子澄，名湜，分宜人。洪武十八年试，以第一及第而至累进。虽通晓经史，然练达世故未足。以侍读之身日夕奉侍，一意只欲忠于太孙。"此例亦见于其昔。但诸王兵多，本护卫之兵，才足自守，何能成事？汉削七国，七国叛，不久平定。六师一临，谁能支之？本大小之事，顺逆之理，自然有之。御心安思。"遂引七国之古而对之。子澄之答，太孙信以为有道理。太孙犹龄轻，子澄未老世，片时之谈，七国之论，何图他日生山崩海涌之大事耶？

宋濂

太祖之病，起于洪武三十一年五月，闰五月，崩于西宫。其遗诏可感可考者多矣。山野野战又水阵，几度冒可畏危险之境。无产无官又无家，振何等可恃孤独之身。终于君临天下，统一四海，尽心治世，竭虑济民，而尚礼重学。百忙之中，手不辍书，笃信孔子之教。子诚称万世之师，衷心尊仰之，施政大纲，必依据此，又夤岁通佛理，知内典，如梁武帝之不淫溺；又爱老子，喜恬静，自撰《道德经注》二卷，至解缙于上疏中讥为学不纯也。如汉武不好尚神仙，尝

146

谓宋濂曰：“人君能清心寡欲，使民安于田里，足衣食，熙熙嗥嗥而不自知，是即神仙也。”善诗文，著文集五十卷，诗集五卷。与詹同论文章，以文尚诚意溢出。

又洪武六年九月诏：“公文禁止用对偶文辞，遏制无益之雕刻藻绘为能事。”诚通博、少拘束、文武兼有、智勇并备，体验心证皆富深沉之一大伟人也。如此明太祖，不负开天行道肇纪立极大圣至神仁文义武俊德成功高皇帝之谥号之朱元璋、字国瑞者辞世，其身入地，其神归空，临终所言如何？未闻“一鸟之微，但死，其声动人”之言乎？太祖遗诏，岂无可感可考者也？遗诏曰：“朕受皇天之命，于世膺大事三十有一年，忧危积心，日勤不息，专志益民。奈何起寒微，无古人博智，好善恶恶不及者多矣。今年七十有一，筋力衰微，朝夕危惧，恐不终虑。今得万物自然之理，其奚有哀念乎？皇太孙允炆，仁明孝友，天下归心，宜登大位。中外文武臣僚，同心辅佑，以福吾民。葬祭之仪，一如汉文帝勿异。布告天下，使知朕意。孝陵山川，因其故勿改。天下臣民哭临三日，皆释服，勿妨嫁娶。诸王临国中，毋至京师。不在诸令中者，推此令从事。”

呜呼，此言缘何感人之多耶？膺大任三十一年，忧危积心，日勤不息，专志益民，此乃真帝王之言，堂堂之正大气象，蔼蔼仁恕之襟怀，百岁之下，足以使人钦仰。奈何起自寒微，智浅德寡，取谦虚之态度，切反求之工夫。不讳不饰，诚可美矣。今年七十有一，死在旦夕，大限渐逼，虽英雄亦无可如何者。而今得万物自然之理，其奚有哀念？此正是所得于孔孟佛老之言也。酒后英雄多，死前豪杰少，乃世间常态。而太祖是真豪杰，生而不怀长春不老之痴想，死而安于万物自然之数理。从容不迫，晏如不惕，伟哉，伟哉！“皇太孙允炆……宜登大位。”一言如铁铸，防众论之纷纷。

此前，太孙即储位，太祖虽不能不爱太孙，太孙之人，仁孝聪颖，好学读书，然勇往果决之意气甚欠。以此，太祖每令赋诗，其诗婉美柔弱，无豪壮瑰伟之处，太祖多不喜。一日令太孙词句属对，大不称旨，复命燕王棣，燕王之语乃佳。燕王，太祖第四子，容貌伟，髭髯美，有智勇，有大略，推诚任人，多肖太祖。太祖亦悦此，人或有寄意也。于此，太祖遂有密易储位之意，而刘三吾阻之。三吾名如孙，元之遗臣，博学善文，洪武十八年应召出仕。时年七十三。当时与汪睿、朱善，世称三老。为人慷慨，不设城府，自号坦坦翁，其风格可推知矣。坦坦翁，生平实坦坦，以文章学术仕太祖，考礼仪之制、定选举之法，多所与之而议定。帝《洪范注》成，承命为序，任敕修之书《省躬录》、《书传会要》、《礼制集要》等编纂总裁，居然以一宿儒为朝野所重。而至临大节，屹而不可夺。懿文太子薨，挺身云："皇孙为世袭承大统，礼也。"定内外之疑惧、立太孙为储君者，实此刘三吾也。三吾知太祖意，何能无言？乃曰："若立燕王，置秦王、晋王于何地？"秦王樉、晋王棡皆燕王之兄，废孙立子，覆定也；越兄君弟，乱序也。世岂无事而能已也？言外之意自明。太祖英明绝伦之主，言下悟非，其事遂止。因有如是之事，太祖特自严留遗诏："皇太子允炆宜登大位"，以防止崩后之动摇，遏制暗中之飞跃。思太祖之治可谓深有远虑，爱皇孙之情亦笃也。遂命葬祭之仪一如汉文帝，天下之民哭临三日而释其服，勿妨嫁娶。何其俭素而仁恕矣。"一如文帝"，即勿用金玉。"孝陵山川因其故"，即勿取土木。"勿妨嫁娶"，即使民有福。"诸王临国中，勿得至京"，盖其意乃诸王不去其封而至京。似有前代之遗孽，边土之黠豪等，或有乘虚举事，星火延烧，至成燎原之势之虞矣。此亦可谓爱民忧世之念，自至于此也。太祖遗诏，呜呼，何其感人之多矣。

然虽太祖遗诏，可考者亦多。皇太孙允炆，天下归心，
宜登大位，何也？既立为皇太孙，虽无遗诏，亦当登大位。
特云当登大位，当使人猜想，朝野间或有不欲皇太孙登大位
者；或太孙年少乏勇，自行谦让，欲逊位于诸王中材雄略大
者。"仁明孝友，天下归心"，何也？明才治世三十一年，
元之裔犹未灭，虽不在中国，而漠北、塞西、边南，有元同
种广大之地域而盘踞存之。太祖崩后二十余年，犹有大寇兴
和者。国外之情如是，而域内之事，不可不为有英主御世而
为幸。"仁明孝友"，固虽可尚，时势所要实为雄材大略者
也。虽云"仁明孝友，天下归心"，或恐以天下为十，归心
者不过七八矣。"中外文武臣僚，同心辅佑，以福吾民"，
似有惧文武同僚不同心者。太祖之心，有此不安耶？非耶？
诸王临国中，无得至京，何也？诸王空其封国，有为奸鸷所
乘之虞，诸王之臣，岂无足托一时者也？子趋父葬，自是情
是理，而以为非礼非道乎？令诸王不会葬之诏，果是出自太
祖之言乎？若是太祖遗此诏，为太祖暗斥而不听之叶居升所
言，诸王拥众入朝，甚者则缘间而起，当不及防也。此安能
不考虑也？呜呼，子不得会父葬，虽谓父之意，就子而论，
父待子亦如此疏薄而不无憾也。诏或欲中时势，而远人情
矣。凡不论施为、命令、图谋、言论，其远人情甚者，意虽
善，理虽正，计虽中，见虽彻，亦必坐弊而招凶也。太祖之
诏，可即可也，然远人情。先是，洪武十五年，高皇后崩，
秦王、晋王、燕王等皆在国，然诸王奔丧至京，卒礼而还。
太祖崩与其后崩，关天下形势虽异，奔母丧得从，会父丧不
得，此亦强使人以远人情也。太祖之诏，诚远人情也，岂能
不生弊致凶乎？果事端先发。诸王闻崩欲入京，当燕王将至

淮安，齐泰言于帝，使人赍敕令之还国。燕王等诸王不悦，谓此乃尚书齐泰之疏间。建文帝即位，劈头第一不悦于诸王矣。诸王，帝之叔父，尊族，有封土，有兵马民财也。诸王不悦之时，宗家之枝柯、皇室之藩屏何在？呜呼，此罪在齐泰耶？在建文帝耶？抑又在遗诏耶？在诸王耶？吾不知也。又翻然思之，太祖遗诏是否果有止诸王入临之语乎？或疑之，太祖如此通人情、谙世故，诚不该遗如是之诏。若太祖果不欲登遐之日诸王会葬，当于平生无事从容之日，又或于诸王退京就封之时，亲自喻意与诸王。若此，则不会有诸王发驾奔丧之际，半途拥遏不快等事。各各于其封地哭临，当无他可责备者也。凭太祖之智而事不此出，遗诏屈诸王，不可解也。人情屈则不悦，不悦则怀怨而责他。若至怀怨而责他，欲无事亦不可得也。太祖通人情，何无知之之明？故曰：太祖遗诏止诸王入临者，非太祖所为也，疑为齐泰、黄子澄辈所假托也。齐泰之辈，本恐诸王于帝不利，矫诏事亦不乏其例也。如此之事，未必保无有也。然此推测之言，真耶？伪耶？太祖之失耶，不失耶？齐泰之为耶，非为耶？将又或有齐泰不得不托遗诏遏诸王入京会葬之势耶，非耶？建文、永乐间，史多曲笔，今未新得史征，只好存疑，不能确知也。

太祖崩，闰五月。诸王入京被遏不悦而归之后，至六月，户部侍郎卓敬者，上密疏。卓敬，字惟恭，读书，十行俱下，颖悟聪敏之士，自天文地理至律历兵刑，无所不究之英才。后，成祖叹曰："国家养士三十年，惟得一卓敬也。"鲠直慷慨，无所避也。尝见制度未备，诸王之服乘亦拟太子，遂直言于太祖，曰："嫡庶相乱，尊卑无序，何以令天下？"太祖曰："尔言是。"其人可知。敬之密疏，在于裁抑宗藩，斩除祸根。然帝受敬之疏，不报，事竟寝。敬之言，盖无故不发，必窃有所闻也。二十余年前叶居升之言，于是欲示其中：七国之难今将发矣。燕王、周王、齐王、湘王、代王、岷王等，秘信相通，密使互动，不稳之流言闻于朝。诸王与帝之间，帝因其未即位而忌惮诸王；诸王因其未当即位而侮储君，挟叔父之尊而多不逊之事。遏止入京会葬事，虽云出自遗诏，诸王托责于谗臣，而言欲除奸恶，进香孝陵，而致吾之诚实。盖辞不无柄也。诸王有合同之势，帝有孤立之状。呜呼，诸王疑，帝亦疑，相疑而焉能不睽离也？帝戒，诸王亦戒，相戒而何可不疏隔乎？疏隔，睽离，有为帝而密图者，有为诸王而私谋者，况又有以藩主欲称天子、以王而欲称皇之辈也？事遂非决裂而不能止之也。

为帝密图者，谁也？曰，黄子澄也，齐泰也。子澄已有记。齐泰，溧水人，洪武十七年渐出世，及建文帝即位，与子澄为帝所信赖，参国政。如遏诸王入京会葬时，诸王皆曰："泰矫皇考之诏间骨肉。"泰为诸王所憎，可知矣。

为诸王私谋者，谁也？曰，诸王之雄乃燕王，燕王之傅有僧道衍。道衍虽为僧，然不当灰心灭志之罗汉，却是好谋善算之人也。洪武二十八年，诸王初就封国时，道衍躬荐为燕王之傅，谓曰："大王若使臣得侍，将奉一白帽为大王戴。"王上白冠，其文为皇。储位明定，太祖未崩之时，竟有如是怪僧，欲为燕王奉白帽。而燕王延如是怪僧居帷幕中。燕王心胸本不清明，道衍之爪甲亦可谓毒也。

道衍及至燕子邸，荐袁珙于王。袁珙，字廷玉，鄞人。此亦一种异人也。尝游于海外，受相人术于别古崖者，仰观皎日，目尽眩后，布赤豆、黑豆于暗室中辨之，又悬五色缕于窗外，映月辨其色无讹，然后相人。其法以夜中燃两炬，视人形状、气色，参以生年月日，百无一谬。元末既以名驰

天下。及识其道衍，乃道衍在嵩山寺时也。袁珙观道衍之相，曰："是何异僧，目三角，形如病虎，性必嗜杀，乃刘秉忠之流也。"刘秉忠，学兼内外，综识三才，起自释氏，助元主，混一九州，并合四海。元得天下，虽本赖其兵力，成功之速疾，得刘挥榷之宜者亦不鲜矣。秉中实奇伟卓荦之僧也。道衍为秉忠之流，自是爬着了痒处。自此，二人相友善。道衍尝荐珙于燕王，燕王先使使者与珙饮于酒肆，王自杂于仪表堂堂之卫士九人中，自亦服卫士服，执弓箭，饮于肆中。珙一见即趋，拜燕王于前曰："殿下何轻身至此乎？"燕王等笑曰："吾辈皆护卫之士也。"珙掉头称非是。于是王起而入，延珙于宫中详相之。珙谛视良久，曰："殿下龙行虎步，日角插天，诚异日太平天子也。御年四十，及御须过脐，当登大宝无疑也。"又为燕府将校官属相之，珙一一指点曰：某当公，某当侯，某当将军，某当贵官。燕王虑其语泄，阳斥之至通州，舟路密诏入邸。道衍在北平庆寿寺，珙在燕府，与燕王三人，时时屏人而语之，不知其所语何也。珙号柳庄居士，时年盖近七十，抑亦何所欲而劝燕王反乎？其子忠彻所传《柳庄相法》，至今犹存，风鉴之津梁也。珙与永乐帝所答问之《永乐百问》中，记帝须之事。《相法》三卷，不信者虽目之为陋书，似不尽可斥也。忠彻亦传家学而信于当时。其所著有《古今识鉴》八卷，明志采录。予虽未寓目，盖说藻鉴之道也。珙与忠彻，偕见于《明史·方伎传》。珙见燕王，谓"须长过脐而登宝位"，燕王笑曰："吾年将四旬，须岂能复不长？"道衍于是荐金忠。金忠亦鄞人，少读书，通《易》。及编卒伍，卖卜于北平。卜多奇中，市人传以为神。燕王使忠卜，忠卜而得卦，谓"贵不可言"。燕王之意渐固。忠后仕至兵部尚书，补太子监国。《明史》百五十卷有传。盖一异人也。

帝侧有黄子澄、齐泰，削诸藩事焉能止也？燕王旁有僧道衍、袁珙，酝酿密谋事焉能止也？二者之间，既如是，风声鹤唳，人相欲惊，剑光火影，世渐将乱。诸王不稳之流言，朝朝频闻。一日，帝召子澄，仰之曰："先生尚记得畴昔东角门之言乎？"子澄直对："未敢忘。"东角门之言，即子澄论七国故事之语也。子澄退而与齐泰议，泰曰："燕握重兵，且素有大志，当先削之。"子澄曰："不然，燕预备久矣，卒难图，宜先取周，剪燕之手足，而后图燕。"乃命曹国公李景隆，调兵猝至河南，执周王橚及其世子妃嫔，削爵为庶人，迁之云南。橚，燕王同母弟，帝亦夙疑惮之，橚亦有异谋，橚之长史王翰数谏之，不纳。及告橚之次子汝南王有炯之变，有此事。实洪武三十一年八月，太祖崩后不距几千月矣。冬十一月，代王桂，以暴虐民为苦，入蜀，与蜀王共居。

诸藩被削夺事渐明，至十二月，前军都督府断事高巍，上书论政。巍，辽州人，尚气节，能文章，材器虽不伟，性质惟美，事母萧氏，以孝称。洪武十七年，受旌表。其以立言平正为太祖所嘉纳，又是一个好人物也。时当事者，自子澄、泰以下，皆议削诸王。独巍与御史韩郁持异说。巍言曰："我高皇帝，法三代之公，洗嬴秦之陋，分封诸王，藩屏四裔。然比之古制，封境过大，诸王又率之骄逸不法，不削即朝廷纪纲不立，削之则伤亲亲之恩。贾谊曰：欲天下治安，无若众建诸侯而少其力也。臣愚谓，今宜师其意，勿施晁错剥夺之策，可效主父偃我推恩之令，西北诸王子弟，分封东南，东南诸王子弟，分封西北。小其地，大其城，以分其力。藩王之权，不削而弱。臣又愿陛下愈益隆亲亲之礼，岁时伏腊，使不绝问。贤者下诏褒赏，不法者初犯宥之，再

犯赦之，三犯不改，则告之太庙，削地，废处之。岂有不服顺者也？"帝闻而然之。然势既定，取削夺之议论者众，高巍之说遂不用而已矣。

建文元年二月，诏诸王，节制文武吏士，不得更定官制。此亦抑诸藩之一也。夏四月，西平侯沐晟，奏岷王楩不法之事。因之削其护卫，诛其指挥宗麟，废王为庶人。又以湘王柏伪造钞，及擅杀人，降敕责之，遣以执兵。湘王有膂力而负气。曰："吾闻之，前代大臣一旦下吏，多自引决，身为高皇帝之子，南面王岂能辱于仆隶之手而求生活也？"终阖宫而自焚死。齐王榑亦为人所告，废为庶人。代王桂终亦废为庶人，幽于大同。

燕王初为朝野所注目，且威望材力拔群，又有期其终应为天子者，又私养异人术士，畜勇士劲卒。人亦疑，己亦危，朝廷与燕，竟有不能两立之势。三十一年秋，见周王橚被执，燕王遂简壮士为护卫，极严警戒之。然有齐泰、黄子澄在，本不能容燕王。常以北边寇境为机，以防边为名，调燕藩护卫之兵出塞，欲去其羽翼，扼其咽喉。乃以工部侍郎张昺为北平布政使，以谢贵为都指挥使，察燕王之动静。令魏国公徐辉祖、曹国公李景隆，协谋以图燕。

建文元年正月，燕王使长史葛诚入而奏事，诚为帝具告燕邸之实。于是，遣诚还燕，使之为内应。燕王觉而有备之。至二月，燕王入觐，行皇道入，登陛不拜等，有不敬事。监察御史曾凤韶劾之，帝曰："至亲勿问。"户部侍郎卓敬，先上书言抑藩防祸，复密奏曰："燕王智虑过人，而其所据北平，形胜之地，士马精强，金元由所兴，今宜徙封南昌，然则万一有变，亦易控制。"帝对敬曰："燕王骨肉至亲，何及于此也？"敬曰："隋文、杨广，非父子乎？"敬之言实然。杨广以子弑父，燕王傲慢，何不可为？敬之言欠敦厚，帝之意虽近醇正，然世相之险恶，人情之阴毒，不亦可悲乎？敬之言却实切也。然帝默然良久，曰："卿休矣。"至三月，燕王还国。

都御史暴昭，密侦燕邸事奏之。北平按察使金事汤宗，劾按察使陈瑛受燕之金，为燕谋。因逮捕瑛，令都督宗忠，率兵三万，及隶燕王府护卫之精锐，于忠麾下，屯开平，藉备边之名，命都督耿见瓛练兵于山海关，徐凯练兵于临清。密敕张昺、谢贵，严密监视北平之动静。燕王视此势，自归国，托疾不出，久之遂称疾笃，以避一时之视听。然有水处不能无湿气，有火处不能无燥气。至六月，上燕山护卫百户倪亮之变，告燕之官校于亮、周铎等阴事，二人逮至京，罪明而被诛。于此，事不能不及燕王，有诏责燕王。燕王不能辩疏，佯而狂之，呼号疾走，夺市中民家酒食，乱语妄言，惊人不省。或卧于土壤，经时不觉，全如失常。张丙、谢贵二人，入问疾，时正属盛夏，王围炉，颤身，曰"寒甚"。于宫中挂杖行。因而有谓燕王诚狂也者，以致朝廷亦稍信之。然葛诚窃告丙、贵，燕王之狂不过诈也，欲缓一时之急，而便于后日之计。惟令人知其本无恙也。常有燕王护卫百户邓庸者，诣阙奏事，齐泰请执之以鞫问，王将举兵之状逐一白之。

早有预料之齐泰，立即发符遣使，令往逮捕燕府之官属，密使谢贵、张昺与在燕府约为内应之长史葛诚、指挥卢振通气脉，以利于北平指挥张信能为燕王所信任，下密敕急执燕王。信受命忧惧而不知所为，思情谊，不忍负燕王。若重敕命，则不能论私恩，进退两难，行止难共，左思右虑，心终不能决，苦闷之色显于面。信母疑，遂诘问之曰："有何事，令汝深忧太息？"信未及是非而告以事之始末，母大惊曰："不可，汝父之兴，每言王气在燕。是以王者不死，

燕王非汝所能擒之也。勿负燕王灭家!"信愈惑而不决,斥使促信急,信遂怒曰:"何太甚也?"乃决意造燕邸。虽造者三,燕王疑而辞,不得入。信乘妇人车,径至门求见,终被召入。然燕王犹装疾不言。信曰:"殿下无尔,诚有事当告臣,殿下若不以情语臣,上有命,当就执。如有意,勿讳臣。"燕王见信有诚,下席拜信曰:"生我一家者,子也。"信具告朝廷图燕之状。形势急转直下,事态既决裂,燕王召道衍,将举大事。

天耶?时耶?燕王胸中,飓母正动,黑云欲飞。张玉、朱能等猛将枭雄,眼底紫电闪烁,雷火将发。举燕府,杀气阴森之际,天亦应乎?时抑至乎?飙风暴雨,卒然大起。蓬蓬而始、号号而怒之奔腾狂转之风,伴随沛然而至、澎然而泻、猛打乱击之雨,震撼乾坤,动荡树石。燕王宫殿,不可谓不坚牢,然风雨力大,高阁檐瓦吹而飘空,又砉然坠地而粉碎。临举大事,此何兆也?燕王心恶之,色不怿。风声,雨声,折竹声,树裂声,睥睨悲壮之天地,惨无只语。王之左右亦肃而不言。时道衍不少惊,遂白:"噫,可喜之祥兆也。"本此异僧道衍,如惑于死生祸福之歧,然非未达者也。而是胆边生毛不敌之逸物也。先是劝燕王起事之时,燕王曰:"彼天子也,民心向彼,奈何?"昂然答曰:"臣知天道,何论民心?"真豪杰矣。然风雨堕檐瓦,非觉不祥,反而以为可喜之祥事,听之未免强言,燕王亦不堪,随口骂曰:"和尚作何言语?何处得祥兆也?"道衍不骚,泰然而对:"殿下未闻乎?飞龙在天,从以风雨。瓦坠以碎,将易黄屋。"王顿开眉而悦,众将皆跃跃欲试。彼邦之制,天子之屋茸以黄瓦。旧瓦无用,当易为黄,道衍一语,实为活人剑,令燕王宫中之士气,勃然、凛然、赳赳然,遂成直吞天下之势。燕王使护卫指挥张玉、朱能等,引壮士八百人入卫。矢石未交，刀枪既鸣。都指挥使谢贵率七卫之兵并屯田军士围王城，以木栅断端礼门等通路。朝廷下削燕王之爵诏，及至逮王府官属诏。秋七月，布政使张昺、谢贵与士卒皆甲，围燕府，以求交付据朝命应逮之王府官属。一旦有一言之支吾，以岩石压鸡卵之势临之。昺、贵军杀气腾腾，有放箭达于府内者也。燕王谋曰："吾军甚寡，彼军甚多，奈何？"朱能进曰："先除张昺、谢贵，余不能为也。"王曰："诺。擒昺、贵。"壬申日，王称疾愈，出东殿，受官僚贺，使人诏昺、贵，二人不应。复遣内官，装交付应逮者。二人乃至，卫士甚众，门者呵止之。仅入昺、贵。昺、贵一人，燕王曳杖坐，赐宴行酒，宝盘盛瓜出之。王曰："偶有进新瓜者，卿等尝之。"自手取一瓜，忽作色詈曰："今世间小民、兄弟宗族，尚相互恤，身为天子亲属，而旦夕无安其命。县官待我如此，天下何事可为？"奋然掷瓜于地，护卫军士皆激怒，前而擒昺、贵。并将内通朝廷之葛诚、卢振等押至殿下。王于此投杖而起曰："我何病？奸臣所迫耳。"遂斩昺、贵等。昺、贵等部下之将士，见二人移时不还，始疑后觉，各散去。围王城者，首脑已无，手足无力，其兵自溃。张昺部下、北平都指挥彭二，愤慨不能已，跃马于市中大呼曰："燕王反矣，从我为朝廷尽力者有赏！"得兵千余人，杀到端礼门。燕王勇卒庞来兴、丁胜二人杀彭二，其兵亦散。乘此势，张玉、朱能等，皆转战塞北，与元兵相驰驱，老来于千军万马之间者也，率兵乘夜突出，至黎明已夺九门之中八门，未下者仅一西直门，亦用好言令守者尽散。北平全落燕王之手，都指挥使余瑱，走守居庸关，马宣东走蓟州，宗忠自开平率兵三万至居庸关，不敢进，退保怀来。

烟旺火遂炽，剑拔血既流。燕王堂堂进旗出马。不奉天子之正朔，而去建文年号，称洪武三十二年。以道衍为帷幄

之谋师，金忠以纪善参机密，张玉、朱能、丘福为都指挥佥事，张昺部下内通李友直为布政司参议，乃下令论曰："予，太祖高皇帝子也，今为奸臣谋害。祖训云：'朝无正臣，内有奸逆，必举兵诛讨之，以清君侧之恶。'兹率尔将士诛之。罪人既得，法周公之辅成王，尔等体余心矣。"一面如是宣言将士；一面上书与帝曰："皇考太祖高皇帝，百战定天下，成帝业，传之万世，封建诸子，巩固宗社而为盘石之计。然奸臣齐泰、黄子澄，包藏祸心，橚、榑、柏、桂、楩等五弟，不数年并削夺之。柏尤可悯，阖室皆焚。圣仁在上，胡宁忍此？盖非陛下之心，实奸臣所为，心尚未足。又加之臣守臣藩于燕二十余年，寅畏小心，奉法循分，诚以君臣之大分、骨肉之至亲恒思加慎。而奸臣跋扈，祸加无辜，执臣奏事之人，箠楚刺絷，备极苦毒，迫使之言臣图谋不轨。

宋濂

遂分宗忠、谢贵、张昺等于北平城内外，甲马驰驱于街衢，钲鼓喧鞠于远迩。围守臣府久之护卫人，执贵、昺，始知奸臣欺诈之谋。窃念臣于孝康皇帝乃同父母兄弟，今事陛下，亦如事天。譬如伐大树先剪附枝，亲藩既灭，朝廷孤立，奸臣得志而社稷危。臣曾伏云：'朝无正臣，内有奸恶。'则亲调王兵待命。天子密诏诸王，统领镇兵讨平之，臣谨俯伏俟命。"饰之言辞，绮之情理而奏。道衍少好学工诗，与高启友善，亦为宋濂所推奖，有文才，有《逃虚子集》十一卷留于世。道衍执笔，或又金忠辈缀词，皆外柔怀刚，护己责人，文字有力。卒然读此书，如觉王有理而帝无理，帝无情而王有情，祖灵、民意皆可去帝而就王也。然擅杀谢、张，妄去年号，何云奉法？后苑作军器，密室炼机谋，此为不循分。虽云扫君侧之奸，无诏起兵，恣威掠地，其辞即可，此实即非也。

翻而思之，齐泰、黄子澄辈必削诸王亦欠于理、亦薄于情矣。夫重封诸王，出自太祖之意。诸王未必反，先怀削夺诸王之意而临诸王，上坏太祖之意、下破宗室之亲也。三年不改父志可谓孝，太祖崩抔土未干，直破其意而削夺诸王，此非欠于理、薄于情亦为何哉？齐、黄辈所为如是，纵令燕王等袖手屏息亦难免削夺罪责也。况承太祖之血而有英雄豪杰之气象者，安忍俯首服冤乎？投瓜怒骂之语，其中虽有机关，又不尽是伪诈，本足为真情逼人之故也。毕竟两者各有理亦各有非理，而争阋即起；各无情而又各有真情，战斗方生。于今谁能判其是非乎？高巍之说虽敦厚可悦，时既晚矣；卓敬之言虽明彻足用，势难回矣。朝旨酷责，燕师暴起，实互不能已也。是所谓数耶？非耶？

自建文元年七月燕王起兵至建文四年惠帝逊国，烽烟剑光之史，今懒于一一记之。若欲知其详，可就《明史》和《明朝纪事本末》等校之，今仅就其概略及可知燕王、惠帝性格、风丰者记之。

燕王本智勇天纵，且夙习征战。洪武二十三年，奉太祖命与诸王共征元族于漠北，秦王、晋王怯不敢进，王率将军傅友德等，北出至迤都山，擒其将乃儿不花而还。太祖大喜，此后屡率诸将出征，每次有功，威名大振。王既知兵惯战，加之有道衍参机密，有张玉、朱能、丘福为爪牙。丘福谋画之才虽不及张玉，然朴直猛勇，深入敌阵，敢战死斗，战终献功，必不后人。有古大树将军之风，至使燕王赞美

曰："丘将军之功，我知之。"故及王赏功臣，福当其首，封淇国公。其他将士鸷悍骜雄者亦不甚少，然燕王举大事盖有胸算矣。燕王敢斩张昺、谢贵而反，留郭资守北平，直出师取通州，先用张玉"不定蓟州则有后顾之患"之言，使玉略之，继而夜袭遵化而降之。此皆开平东北之地也。时余瑱守居庸关，王曰："居庸险隘，北平之咽喉也。敌据此，拊我背，不可不急取之。"乃令徐安、钟祥等击瑱，使走怀来。宗忠在怀来，号兵三万，诸将击之难，王曰："彼众我寡，然彼新集，其心未一，击之必破。"率精兵八千，卷甲倍道而进，遂战而克，获忠、瑱斩之。于是，诸州降燕者多，永平、栾州亦归燕。大宁都指挥卜万，出松亭关，驻沙河，欲攻遵化。号兵十万，势方振。燕王放反间，使万部将陈亨、刘贞缚万下狱。

帝用黄子澄之言，命长兴侯耿炳文为大将军，李坚、宁忠副之，北伐。又命安陆侯吴杰、江阴侯吴高、都督都指挥盛庸、潘忠、杨松、顾成、徐凯、李文、陈晖、平安等，诸道并进，直捣北平。时帝诫将士："昔萧绎举兵入京，而命其下曰：'一门之内，自极兵威，乃不祥之极也。'今尔将士与燕王对垒，务体此意，勿使朕有杀叔父之名。"（萧绎，梁孝元皇帝，今按《梁书》，不载此事。盖元帝举兵，欲图诛贼入京，时河东王誉不从帝，却而杀帝之子方等。帝遣鲍泉讨之，又命王僧辩代而将之。帝，乃高祖武帝第七子；誉，武帝长子；《文选》撰者昭明太子，统之第二子也。"一门"之语，乃当征誉之时而发乎？）建文帝仁柔之性，可谓近宋襄。燕王虽为叔父，既削爵为庶人，而庶人弄凶器以抗王师，其罪本当诛戮之，然却对出征将士下如是之令。此不过适以杀军旅之锐、小貔貅之胆，不可谓智者也。及与燕王战，官兵亦或有胜，以有此令，飞箭长枪，不至殪燕王。

虽然，小人之过，刻薄；长者之过，宽厚。视帝之过，可知帝之人也。

八月，耿炳文等率兵三十万至真定，徐凯率兵十万驻河间。炳文老将，太祖创业之功臣，曾当张士诚而守长兴十年，大小数十战，战无不胜，终以使士诚不能逞志而榜列太祖之一等功臣，附于大将军徐达之后。后又北出塞破元之遗族；南征云南平蛮，或陕西，或蜀中，旌麾所向，每每成功。至洪武末，元勋宿将多所凋落，炳文尤为朝廷所重。今率大兵北伐，时年六十五，树老材愈坚，将老军愈固。然不幸，先锋杨松为燕王所突袭而死于雄县，潘忠欲救援而为月漾桥伏兵所执，武将张保降敌而为其所利用，遂于滹沱河北岸为燕王及张玉、朱能、谭渊、马云等所大败，至失李坚、宁忠、顾成、刘燧。然炳文熟于阵，大败而不溃，入真定城，阖门坚守。燕兵乘胜围城三日不能下。燕王知炳文老将不易破，解围而还。

炳文一败，犹可复也，帝闻炳文之败，怒而不用。因黄子澄之言，使李景隆为大将军，赐斧钺以代炳文，至此，大事已去矣。景隆乃纨绔子弟，赵括之流也，举赵括代廉颇，建文帝不能保其位，兵战上实本于此也。炳文子睿，以帝之父懿文太子长女江都公主为妻。据云，睿因父不复用而甚怒之。又，睿之弟瓛，与辽东镇守吴高、都指挥使杨文，率兵围永平，自东北欲动北平。二子护国之意诚亦可知矣。此胜败乃兵家常事，苏东坡所谓善弈者日胜日败也。然以一败之故，退老将，举骄儿，燕王拍手笑曰："李九江膏粱之竖子，未尝习兵见阵，辄以五十万众与之，是自坑之矣。"虽谓酷语，亦无不当。召回炳文，诚可叹矣。

景隆小字九江，无勋业而为大将军，何也？因黄子澄、齐泰之荐，又别有所以。景隆，李文忠子也，文忠太祖姊之

子,且太祖子也。加之文忠器量沉厚,好学治经,其家居恂恂如儒者,而擐甲骑马,横槊临阵,踔厉风发,遇大敌益壮。年十九从军,数数立伟功,以创业之元勋为太祖所爱重。不仅如此,于西安设水道而利人,应天减田租而惠民,劝少诛戮,谏盛宦官。洪武十五年,太祖激于日本怀良王之书欲讨,而为文忠止之。(怀良王,《明史》作"良怀",盖误也。怀良王,后醍醐帝之子,延元三年,任征西大将军,镇抚筑紫。菊池武光等从之,自兴国至正平,威势大张。明之太祖,怒边海每为和寇所扰,洪武十四年,欲征日本以威吓之,王答以书。其略曰:"乾坤浩荡,非一主之独权。宇宙宽洪,作诸邦以分守。盖天下乃天下之天下,非一人之天下也。吾闻之,天朝有兴战之策,而小邦亦有御敌之图也,岂肯跪于途而奉之乎?顺之亦未必其生,逆之亦未必其死。相逢贺兰山前,聊以博戏,吾何惧哉?"太祖得书甚愠,真起加兵之意也。洪武十四年,当我南朝弘和元年,时王既为今川了俊所压迫而陷于衰势,又让征西将军之职于后村上帝之皇子良成王,闲居于筑后矢部,以读经礼佛为事。不执兵政之务,似年代龃龉之。然王与明之交涉,凤自正平起,以王之裁断方有此答书。此事我国史料虽全缺,《大日本史》亦不载,而彼之史记有损彼之威事,决非无根之浮谭也。)一个优秀之风格、不可多得之人也。洪武十七年,得疾而死,太祖亲为文致祭,追封歧阳王,谥武靖,配享太庙。景隆乃如是之人长子,因其父盖世武勋与帝室亲眷之关系,又为齐、黄所荐,终为建文所任,以致统领五十万大军。景隆身长,眉目竦秀,雍容都雅,顾眄伟然,率尔望之,如大人物也。屡出炼军于湖广、陕西、河南,除左军都督府事之外,别无所为。其功虽不过仅为执周王,帝等大臣均以此作大器待之。然虎皮羊质,并非所谓治世好将军、战场真豪杰也。未曾积喋血挥剑而进、裹创切齿而斗之经验，燕王笑而评，实得其真也。

李景隆率大兵伐燕北上。帝犹以北方不足忧，遂专意于文治，与儒臣方孝孺等讨论周官之法度而度日。此间，监察御史韩郁（韩郁或作康郁），忧时事而上疏。其意：非黄子澄为残酷之竖儒，诸王乃太祖之遗体、孝康之手足，待之不厚。周王、湘王、代王、齐王之不幸，是为朝廷计者之过也，是即朝廷激而变之矣。谚曰："亲者割而不断，疏者续而不坚。"是殊有理也。及燕举兵，糜财损兵而无功者，近于国之无谋臣。愿释齐王、封湘王、还周王京师，令诸王世子持书劝燕，罢干戈，敦亲戚。不然，臣愚以为，不待十年必有噬脐之悔……其论敦彝伦、镇动乱者可，非齐泰、黄子澄亦可，惟时既去、势已成之后而有此言，呜呼已晚矣。帝遂不用。

景隆代炳文，燕王不恐其五十万兵，指出其有五败兆，云："我擒之。"不用诸将之言，命世子守北平，出东，逐辽东江阴侯吴高于永平，转至大宁，拔之，拥宁王入关。景隆闻燕王攻大宁，帅师北进，遂围北平。北平李让、梁明等，奉世子虽防守甚力，景隆军众，将亦不无雄杰，如都督瞿能，杀入张掖门，大奋威武，城殆破。而景隆器小，不喜能者成功，令俟大军至而俱进，不乘机突至。于是，守者得便，连夜汲水灌城壁，天寒忽冰结，至明日不复得登。燕王预期致景隆于自家坚城之下歼之，景隆既入彀，何不放箭？自大宁还至会州，立五军，张玉为中军，朱能为左军，李彬为右军，徐忠为前军，命降将房宽将后军，渐南下，与京师相对。十一月，京军先锋陈晖，渡河而东。燕王率兵至，见河水难渡，默祷曰："天若助予，河水冰结。"至夜，冰果合。燕师踊跃而进，破晖之军。景隆兵动。燕王放左右军夹

击，遂连破七营，逼景隆营。张玉等亦列阵进，城中亦出兵，内外交攻。景隆不能支而遁，诸军亦弃粮而奔。燕诸将于是顿首，贺王之神算不可及也。王曰："偶中之，诸君所言皆万全之策也。"前断而后谦，燕王揽英雄之心可谓亦巧矣。

景隆大军无功，退而屯德州。黄子澄不奏其败，至十二月，却加景隆太子太师。燕王鉴于南军际苦寒而疲于奔命，出师攻广昌，降之。

前上疏谏削诸藩之高巍，慨言不用事遂发、而至天下动乱，上书请曰："臣愿使燕，有所言。"许之，至燕。上书燕王，其略曰："太祖升遐，不意大王与朝廷有隙。臣思之，动干戈不若和解。愿置死于度外，亲见大王。昔周公闻流言即避位而东居，若大王能斩首计者，解护卫之兵，质子孙，释骨肉猜忌之疑，塞残贼离间之口，岂非与周公可隆比乎？然不及虑，兴甲兵，袭疆宇，如此任事者得藉口，假殿下诛文臣，实仿汉吴王之倡导七国而诛杀晁错。今大王据北平，虽取数郡，数月以来，尚不能出蕞尔一隅之地，较之以天下，十五未有其一也。大王将士亦不疲乎？大王所统将士亦不过大约三十万，大王与天子，义则君臣，亲则骨肉，亦尚离间，三十万异姓之士，未必终身困迫而为殿下死矣。巍每念至此，未尝不为大王流涕也。愿大王信臣言，上表谢罪，按甲休兵，朝廷必有宽宥，天人共悦，太祖在天之灵亦安。倘执迷不回，恃小胜而忘大义，以寡抗众，敢侥幸于不可为之悖事，臣不知为大王可言者也。况大丧之期未终，无辜之民受惊，与求仁护国之义亦甚有径庭。大王纵然有肃清朝廷之诚意，天下亦不无篡夺嫡统之批议。若幸大王不败而功成，后世之公论，可谓大王如何人也？巍白发书生，蜉蝣微命，本不畏死，洪武十七年，蒙太祖高皇帝隆恩，不辱旌臣孝行。巍既为孝子，当为忠臣，死孝死忠，巍之至愿也。巍幸为天下死，得见太祖在天之灵，巍亦无愧。巍至诚至心，直语不讳，冒渎尊严，赐死无悔。愿大王于今再思，故无惮而白之。"然燕王未答。巍虽数次上书，皆无效。

巍之书，人情之纯，由道理之正处立言，不知燕王对此作如何之感。惟燕王既起兵开战，巍言虽善，然大河既决，如一苇难支矣。且巍尽诚致志，其意其言，不负忠孝之人也。数百岁之后，犹令读者怆然感慨。巍与韩郁，于建文时，皆据人情之纯、道理之正而为言者也。

转年为建文二年，燕称洪武三十三年。燕王乘正月酷寒，下蔚州，攻大同。景隆出师欲救之，燕王速自居庸关还北平。景隆军恼于苦寒，疲于奔命，不战自败。二月，鞑靼兵来助燕。盖至春暖，虑景隆来战，是为燕王所请矣。春阑，南军不生势。四月朔，景隆会兵于德州，郭英、吴杰进真定。帝令魏国公徐辉祖帅京军三万，疾驰会军。景隆、郭英、吴杰等，合军六十万，号百万，次于白沟河。南军之将平安骁勇，尝从燕王战塞北，识王用兵虚实，以先锋当燕，挥矛而前。瞿能父子亦踊跃而战，二将所向，燕兵披靡。夜，燕王以张玉为中军、朱能为左军、陈亨为右军，令丘福将骑兵，马步十余万，黎明渡河毕。南军瞿能父子、平安等，捣房宽阵，破之。张玉等见之有惧色。王曰："胜负乃常事，不过日中必为诸君破敌。"即麾精锐数千，突入敌之左翼。王之子高煦率张玉等军齐进，两军相争，一进一退。喊声震天，飞矢如雨。王之马三度被创，三度易之。王善射，所射之箭，三箙皆尽。乃提剑先于众人敌，左右奋击。至剑锋折缺，不堪击也。与瞿能相遇，几为能所及。王急走登堤，佯挥鞭如招后继者才得免，而复率众驰之入。平安善

用刀枪，所向无敌。燕王将陈亨，为安所斩，徐忠亦被创。高煦见急，率精骑数千，前欲与王合。瞿能又猛袭，大呼曰："灭燕！"偶尔旋风突发，南军大将折大旗。南军将士相视惊动。王乘此以劲骑出其后，突入驰击，与高煦骑兵合之，杀瞿能父子于乱军里。平安与朱能战，亦败。南将俞通渊、胜聚等皆死。燕兵乘势逼营纵火，急风扇火，于是南军大溃。郭英等西奔，景隆南奔。器械辎重，皆为燕所获。南军横尸及百余里。所在南师，闻者皆解体。此战全军而退者，仅有徐辉祖。虽不无瞿能、平安等骁将，而景隆乃凡器，非将才，燕王父子天纵豪雄，加之张玉、朱能、丘福等勇烈，北军克、南军溃，诚有所以也。

山东参政铁铉，起身于儒生，尝断疑狱受太祖所知，赐鼎石。北征之师出，督饷欲赴景隆军，会景隆师溃，诸州城堡皆望风降燕，遂次临邑，遇参军高巍南归。虽偕为文臣，今当武事之日，目前见官军大败，贼威张炽，感愤何其极耶！巍叹上燕王书而无效，铉愤忠臣死节者少。慨世之哭，忧国之泪，二人相持泫然而泣，乃酌酒同盟，以死自誓，趋济南而守之。景隆奔而依济南。燕王乘胜进诸将，及燕兵至济南，景隆尚有十余万兵，一战复败，单骑走去。燕师之势愈旺而欲屠城，铁铉、左都督盛庸、右都督陈晖等，尽力捍之，坚志守之，经日不屈。事闻，铉为山东布政司使，盛庸为大将军，陈晖升副将军。景隆召还，黄子澄、练子宁曰："若不诛之何以谢宗社、励将士？"帝卒不问。燕王围济南至三月，遂不能下。乃堰城外诸溪水灌之，欲使一城之士为鱼也。城中于是大不安。铉曰："勿惧，吾有计。"遣千人诈降，迎燕王进城，预伏壮士于城上，候王入，坠大铁板击之，又设伏断桥。燕王陷计，乘马张盖，渡桥入城。大铁板骤下，失之少急，伤王马首。王惊，易马驰出。欲断桥，桥甚坚。及未断，王竟逸去。燕王几死幸逃，如有天助。王大怒，以巨炮击城，城将破，铉愈不屈，书太祖高皇帝神牌，悬于城上，燕王不能击。铉又数度出其不意，使壮士威胁燕兵。王虽愤，无计可出。道衍驰书曰："师老矣，

明成祖

请暂还北平，以图后举。"王撤围还。铉与盛庸等，乘胜追之，遂恢复德州，官军大振。铉于是擢取兵部尚书，盛庸为历城侯。

盛庸初从耿炳文，次从李景隆，自洪武中以武官习兵马之事，于济南防御、德州恢复而认其才，为平燕将军，立陈晖、马溥、徐真等之上，与吴杰、徐凯等当伐燕之任。庸乃使吴杰、平安守西方定州，使徐凯屯东方沧州，自驻德州，为犄角之势，渐蹙燕。燕王思之，德州城修筑已完，防备亦严，难破；而沧州城溃圮已久，易破，遂欲下之以杀庸之势。乃阳之下令征辽东，使徐凯不备，从天津直至沽，俄而令沿河南下。军士犹不知，以其征东而疑南。王严命急行三百里，途遇侦骑尽杀之，一昼夜比晓至沧州。凯觉燕师到时，北卒自四面急攻，沧州众惊而不能防。张玉未及登城，城遂拔，凯与程暹、俞琪、赵浒等皆被获。此实为当年十月事。

十二月，燕王循河而南，盛庸出兵袭后不及。王遂至临清，屯于馆陶，次掠大名府，转而至汶上，掠济宁。盛庸与铁铉率兵蹑其后，营东昌。此时北军却而在南，南军却而在北，成北军南军不得相战之势。东昌激战遂不开。初，官军

先锋孙霖，为燕将牛荣、刘江所战败而走，两军持重主力不动，越十日。及燕师渐至东昌，盛庸、铁铉载牛犒将士，倡义励众，背阵东昌府城，密列火器毒弩，肃以待敌。燕兵本勇，每战每胜，见庸军鼓噪而近之。火器如电发，毒弩如雨注，虎狼鸱枭皆伤而倒。又会平安兵至，庸于是麾兵大战。燕王率精骑冲左翼，左翼不动而不能入，转而冲中坚。庸开阵纵王入，急闭而后围之，燕王虽冲击甚力亦不得出，殆为所获。朱能、周长等，见王急，纵駃騠骑兵击庸军东北角。庸御之，围稍缓。能冲入死战，翼王而出。张玉亦欲救王，不知王已出，突入庸阵，纵横奋击，遂恶斗而死。官兵乘胜残获万余人，燕军大败而奔。庸纵兵追之，杀伤甚多。此役，燕王数危，诸将奉帝诏不加刃，燕王亦知之。王骑射尤精，追者不敢斩王，王所射杀者多矣。适高煦率华聚等至，击退追兵而去。

燕王闻张玉死而痛哭，每与诸将语及东昌之事，曰："自失张玉，吾至今寝食不安。"涕下不已，诸将皆泣。后及赏功臣，以张玉为第一，追封河间王。

初，燕王出师，道衍曰："师行必克，仅费两日。"及自东昌还，王以多失精锐、亡张玉，意欲稍休。道衍曰："两日昌也，东昌事了，自此将全胜。"愈益募士鼓势。建文三年二月，燕王自撰文，流涕而祭阵亡将士张玉等，脱所服之袍焚之，以表衣亡者之意，曰："其虽一丝，以识余心。"将士父兄子弟见之，皆感泣，欲为王死。

燕王遂复出师，谕将士曰："战之道，惧死者必死，捐生者必生，尔等努力。"三月，遇盛庸于夹河。燕将谭渊、董中峰等，战南将庄得而死，南将亦失庄得、楚知、张皂旗等。日暮，各敛兵入营。燕王以十余骑逼庸营野宿。天明，四面皆敌，王从容而去。庸诸将相顾愕然，以天子有诏"勿使朕负杀叔父之名"而不敢发矢。此日复战，自辰至未，两军互胜互负。忽东北风大起，沙砾击面，南军逆风，北军乘风。燕军呐喊钲鼓之声震地，庸军不能当，大败而走。燕王战罢还营，尘土满面，诸将不能识，闻语声始觉为王也。王于黄尘涨天中驰驱奔突、叱咤号令之状，实可察矣。

　　吴杰、平安为援盛庸军，自真定率兵出，未及八十里，闻庸败而还。燕王以攻真定难，使燕军四处取粮，倡言备营中之无，以诱杰等。杰等信之，遂出滹沱河。王渡河沿流行二十里，与杰军遇于藁城。实闰三月己亥，翌日大战。燕将薛禄，奋斗甚力。王率骁骑突入杰军，大呼猛击。南军飞箭如雨，王所建旗，集矢如猬毛，燕军多伤。而王犹不屈，冲击愈急。会又暴飙起，拔树翻屋。燕军乘之，杰等大溃。燕王追至真定城下，擒骁将邓戬、陈雕等，斩首六万余级，尽得军资机械。王令其旗送北平，谕世子曰："善藏之，使后世勿忘。"旗至世子处，时降将顾成，在座见之。成出自操舟业者，魁岸勇伟，膂力绝伦，满身花文，惊人自异，从太祖出入不离。尝随太祖出时，巨舟胶沙不动，成即负舟而行。镇江之战被执而缚，踊跃断缚，杀持刀者脱而归，直导众陷城，勇力可察矣。后以战功累进为将，征蜀，征云南，平诸蛮，雄名布世。建文元年，从耿炳文战燕，炳文败，成被执。燕王亲解其缚，曰："皇考之灵，以汝授我。"因语举兵之故。成感激归心，遂辅世子守北平。然仅致多谋画，终不肯将兵而战，赐兵器亦不受。盖中年以后，读书因而有得，又一种人也。后，太子高炽为群小所苦，告曰："殿下当竭诚孝敬，孳孳恤民。万事在天，小人不足措意。"识见亦可谓高矣。成，如是之人也。辄见旗，怆然壮之，泪下曰："臣少从军，今老矣，历战例亦多，未尝见如此。"令

似《水浒传》中人——成作此言，燕王亦可谓恶战矣。而燕王所以能揽豪杰之心，实乃在于王勇往迈进、冒艰危而不避之雄风也。

四月，燕兵次大名。王闻齐泰、黄子澄被斥，上书乞召还吴杰、盛庸、平安之众，不然不能释兵。帝遣大理少卿薛嵩，赦燕王及诸将士罪，诏归本国，散燕军，而以大军蹑其后。嵩到，却为燕王之机略威武所服，归奏燕王语直而意诚，奏燕王语曰："皇上若诛权奸，散天下兵，臣将单骑至阙下。"帝语于方孝孺："诚如嵩言，齐、黄误我矣。"孝孝孺恶之，曰："嵩之言为燕游说也。"五月，吴杰、平安发兵断北平粮道，燕王遣指挥武胜奏曰："朝廷许以罢兵，而又绝粮攻北，与前诏背驰。"帝得书有罢兵意。语于方孝孺，曰："燕王，孝康皇帝同产之弟也，朕之叔父，吾他日不见于宗庙神灵乎？"孝孺曰："兵一散急不可聚，彼若长驱犯阙，何以御之？陛下勿惑。"遂下胜锦衣狱。燕王闻之大怒。孝孺之言，真然也，而建文帝之情亦可谓敦也。毕竟南北相战，调停之事，复在不能为之势也。于今，欲除兵戈之惨，五色之石，不在圣手，炼之难矣。

此月，燕王令指挥李远率轻骑六千诣徐、沛，欲焚南军资粮。远与丘福、薛禄相策应，能收功，焚粮船数万，粮数百万。军资器械，俱为灰烬，至河水尽热。京师闻之，大为震骇。

七月，平安率兵由真定至北平，营平村。平村距城仅五十里，燕王世子告危。王召刘江问策。江乃率兵渡滹沱，张旗帜，举火炬，大壮军容与安战。安军败，安还走真定。

方孝孺门人林家猷，欲以计使燕王父子相疑，计未行而已。

盛庸等檄大同守将房昭，引兵入紫荆关，略保定诸县，驻兵于易州西水寨，据险以为持久计，窥北平。燕王闻之，若保定失，则北平危，遂下令班师。自八月至九月，燕兵攻西水寨，十月破真定援军，并破寨，房昭走而免。

十一月，驸马令都尉梅殷镇守淮安。殷尚太祖女宁国公主，太祖将崩，侍其侧受顾命者，实帝与殷也。太祖顾而语殷："汝老成忠信，幼主可托。"出誓书与遗诏援之，曰："敢有违天者，为朕伐之。"言讫而崩。及燕之势渐大，诸将观望者多，乃募淮南之民，合军士号四十万，命殷统之，驻淮上，扼燕师。燕王闻之，遣殷书，以进香金陵为辞。殷答曰："进香，皇考有禁，遵者孝，不遵者不孝。"割使者耳鼻，以峻严之语斥之。燕王怒甚。

燕王起兵既三年，虽战胜有所得，而驻于大宁、保定，但南军出没不已，所得亦至多弃，死伤不少。燕王于此太息曰："频年用兵，何时可已？诚临江一决，不复返顾。"时京师内臣等，有怨帝之严而意戴燕王者，以金陵空虚告燕王，劝其乘间疾进。燕王意遂决，至十二月出北平。

四年正月，燕先锋李远破德州裨将葛进于滹沱河，朱能亦破平安将贾荣等于衡水，擒之。燕王乃渡馆陶，攻东阿，攻汶上，攻沛县，略之。遂进徐州，威城兵不敢出，南行，三月至宿州，破平安所率马步兵四万之追蹑于淝河，得平安麾下番将火耳灰。此战，火耳灰执槊逼燕王，相距仅十步，童信射之，中其马，马倒而王免，火耳灰被获。王即便释火耳灰，当夜令入宿卫。诸将言其危，王不听。次略萧县，破淮河守兵。四月，平安营小河，燕兵据河北。总兵何福愤击之，斩燕将陈文。平安勇战，围燕将王真，真身被十余创，自刎于马上。安渐逼，遇燕王于北坂。安槊几及王，燕番骑指挥王骐、跃马突入，王仅得脱。燕将张武虽恶战却敌，燕军遂不能克。

于是，南军驻桥南，北军驻桥北，相持数日，南军粮尽，采芜而食。燕王曰："南军饥矣，更一二日不集粮则易破。"乃留兵千余守桥，潜移军，夜半渡兵绕而出敌后。时徐辉祖军至。甲戌，大战于齐眉山。自午至酉，胜负相当，燕骁将李斌死，燕复遂不能克。

南军再捷而振，燕失陈文、王真、韩贵、李斌等，诸将皆惧，说燕王曰："军深入，暑雨连绵，淮土湿蒸，疾疫渐冒。小河东平野多牛羊，二麦正熟，可渡河择地，休息士马，观隙而动。"燕王曰："兵士有进无退，胜形成而复渡北，将士焉不解体乎？公等所见仅拘挛也。"乃下令曰："欲北者左，不欲北者右。"诸将多趋左。王大怒曰："公等自为之！"此时，燕军之势，实岌岌乎将崩而居危。孤军长驱，深入敌地，腹背左右，皆非我友也。北平辽远，而本据四围亦皆敌也。燕军战克即可，不可自不能支也。而当面之敌何福，兵多力战，徐辉祖坚实无隙，平安骁勇出奇。燕军再战再挫，猛将多亡，众心疑惧。欲战力不足，欲归前功尽废，不振之形势立见。若强将卒以战，人心乖离，难保不生不测之变。见诸将争而左之，王怒亦可谓宜也。然此时之势，惟不可退，燕王不容众意，敢于奋战，料机明确，断事勇决，何可不见其豪杰之气象、铁石之心肠乎？时朱能在座，能与张玉初共为王之左右手，于诸将中年虽最少，善战有功，本为人所敬服。身长八尺，年三十五，雄毅开豁，孝友敦厚之人也。慨然立席，按剑趋右，曰："诸君乞勉，昔汉高十战九败，终有天下，今自举事连得胜，小挫辄归，更能北面事人乎？诸君雄豪诚实，岂能有退心？"诸将相见而不敢言，全军心机一转，决心生死共从王。朱能后死龙州，至追封东平王，岂偶然哉？

燕军之势使王不解甲虽非数日，然将士一心而使兵气善变；反之，南军虽再捷，兵气恶变。天意耶？时运耶？燕军再败，闻于京师，廷臣中有曰：燕军今且还北，京师空虚，不可无良将。朝议召还徐辉祖。辉祖不得已归京师，何福军势杀，遂现单丝绠少、孤掌难鸣之状。加之南军为备北军骑兵驰突，常掘堑壕、作壁垒以为营，军兵少休息之暇，往往有虚耗人力之憾。士卒有困疲退屈之情。燕王军不为堑垒，只分布队伍，列阵为门，故将士至营即得休息。王有暇则射猎、周览地势，得禽颁将士，每拔垒悉赍所获财物。南军与北军，军情各异如是。一，人苦而就役；一，人乐而为用。彼此之差，于胜败不无影响也。

如此累日对垒中，南军有粮饷大至之报。燕王悦曰："敌必分兵护之，不乘其兵分势弱如何能支？"遂遣朱荣、刘江等，率轻骑截粮饷，又令游骑妨扰樵采。何福乃移营于灵壁。南军粮五万，平安帅马步六万护之，使负粮者居中。燕王分壮士万人，遮敌之援兵，令子高煦伏兵于林间，命敌战疲时出而击之，躬自率师逆战，以骑兵为两翼。平安引军突至，杀燕兵千余。王麾步军纵击，横贯其阵，断为二，南军遂乱。何福等见之，与安合击，杀燕兵数千而却之。高煦见南军疲，由林间突出，以新锐之势加以打击，王还兵掩击。于是，南军大败，杀伤万余人，丧马三千余匹，粮饷尽为燕师所获。

福等率余众入营，塞垒门坚守。福此夜下令，示曰："明旦闻炮声者三，突围出，可就粮淮河。"然此亦天耶？命耶？其翌日燕军攻灵壁营时，燕兵偶然放三炮，南军误以为己方所放，争相急趋门，因本非己方号炮，故门塞。前者不得出，后者急欲出，满营纷扰，人马滚转。燕兵急击之，遂破营，冲击和包围皆极敏捷。南军至此，大败而不可收，宗垣、陈性善、彭与明死，何福逃去，陈晖、平安、马溥、徐

命运

真、孙晟、王贵等，皆被执。平安之俘，燕全军欢呼动地。曰："吾等自此获安矣。"争请杀安。安屡屡破燕兵，斩骁将数人。燕王惜其材勇，不许。问安曰："滠河之战，公马若不踬，何以遇我？"安曰："刺殿下，仅如拉朽。"王太息曰："高皇帝好养壮士。"选勇卒送安北平，令世子善视之。安后至永乐七年自杀。自闻安等丧，南军大衰。黄子澄闻灵璧之败，抚胸大恸，曰："大事已去，吾辈万死不足赎误国之罪也。"

五月，燕兵至泗州，守将周景初降。燕师进至淮，盛庸不能防，战舰皆为燕所获。盱眙陷。燕王排诸将之策，直趋扬州。扬州守将王礼与弟宗，缚监察御史王彬开门降。高邮、通泰、仪真诸城，亦皆降。北军舰船往来江上，旗鼓蔽天。朝廷大臣自为全身之计，无复立而争者也。方孝孺主张割地与燕，缓敌师，以俟东南募兵至。乃遣庆城郡主议和。郡主，燕王堂姊也。燕王不听，曰："皇考分吾地亦且不能保，何更望割地也？惟得奸臣后谒孝陵。"

六月，燕师至浦子口，盛庸等破之。帝遣都督佥事陈瑄率舟师援庸，瑄却降燕，具舟迎之。燕王乃祭江神，誓师渡江。舳舻相衔，金鼓大震。盛庸等亦列兵海舟，皆大惊愕。燕王麾诸将，鼓噪先登，庸师溃，海舟皆为所得。镇江守将童俊，觉无能为而降燕。帝闻江上海舟亦为敌用、镇江等诸将皆降，忧郁问计于方孝孺。孝孺驱民入城，令诸王守门。李景隆等见燕王，说割地事，王不应。势愈逼。群臣或有以劝帝不若幸浙江者或幸湖湘者，方孝孺坚请守京，以待勤王之师来援，事若急，车驾幸蜀，以为后举。时齐泰奔广德，黄子澄奔苏州，促征兵。盖二人皆非务实之才，无得兵。子澄航海征兵外洋，未果。燕将刘保、华聚等，终至朝阳门，觇之无备以还报。燕王大喜，整兵而进，至金川门。谷王橞与李景隆守金川门。及燕兵至，遂开门而降。魏国公徐辉祖不屈，率师迎战，不能克。朝廷文武皆俱降迎燕。

按史记兵马事，笔墨亦倦。燕王自举事四年，遂得其志。天意耶？人望耶？数耶？势耶？将又理之应然耶？邹公瑾等十八人，于殿前殴李景隆至几死，亦无益也。帝知金川门失守，仰天长吁，东西迷走，欲自杀。《明史·恭闵惠皇帝》记："宫中火起，帝不知所终。"皇后马氏赴火死。丙寅，诸王及文武之臣，请燕王即位。燕王辞之再三，诸王群臣顿首固请，王遂诣奉天殿即皇帝位。先是，建文中，有道士歌于途曰：

马皇后

> 莫逐燕，
> 莫逐燕，
> 逐燕日高飞，
> 高飞上帝畿。

至是，人知应其言矣。燕王今为帝，诘宫人内侍，问建文帝之所在，皆指马皇后之死所以应。乃出尸灰烬中，哭之，召翰林侍读王景，问葬礼诚何如？景对曰："应以天子礼。"从之。

去建文帝"皇考兴宗孝康皇帝"之庙号，仍以旧谥，号懿文皇太子。降建文帝之弟吴王允楎为广泽王、卫王允熞为怀恩王、除王允熙为敷惠王，寻复为庶人。诸王后皆不得死。建文帝之少子，幽于中都广安宫，后不知所终。

魏国公徐辉祖，下狱不屈，诸武臣皆归附，辉祖始终无戴帝之意。帝大怒，以元勋国舅不能诛，削爵，幽于私第。

辉祖乃开国大功臣、中山王徐达之子，雄毅诚实，有父达之风骨。齐眉山一战，大破燕兵，前后数战，每不辱良将之名。其姊即燕王妃，其弟增寿在京师，常为燕输国情，而辉祖独毅然据正。端严之性格、敬虔之行为仅可云良将耶？亦可谓有道之君子也。

兵部尚书铁铉被执至京，背立廷中不对帝，正言不屈，遂被寸磔。至死犹骂，以致被大镬油熬。参军断事高巍曾曰："死忠死孝，臣之愿也。"京城破，缢死于驿舍。礼部尚书陈迪、刑部尚书暴昭、礼部侍郎黄观、苏州知府姚善、翰林修谭王叔英、翰林王艮、浙江按察使王良、兵部郎中谭翼、御史曾凤韶、谷府长史刘璟，其他数十百人，或不屈被杀，或自尽全义。齐泰、黄子澄皆被执，不屈而死。右副都御史练子宁，被缚至阙，语不逊，帝大怒，命断其舌，曰："吾欲效周公辅成王。"子宁以手探舌血，于地上大书四字："成王安在？"帝益怒，磔杀之，宗族弃市者一百五十一人。左金都御史景清，诡归附，恒衣中伏利剑欲报。八月望日，清绯衣入。先是，灵台奏："文曲星犯帝座急色赤。"于是见清独衣绯，疑之。朝毕，清奋跃犯驾，帝命左右收之，得剑。清知志不可遂，植立大骂，众抉其齿，且抉且骂，含血直噀御袍。乃命剥其皮，系长安门，碎磔骨肉。清入帝梦，执剑追绕帝座。帝觉，赤清族，籍乡，村里亦至为墟也。

户部侍郎卓敬被执。帝曰："尔前日裁判抑诸王，今复臣我乎？"敬曰："先帝若依敬言，殿下岂得至此？"帝怒，欲杀之，而怜其才，系狱，讽以管仲、魏征事。帝意，欲用敬也。敬惟涕泣不可，帝犹不忍杀。道衍白曰："养虎遗患。"帝意遂决。敬临刑，从容叹曰："变起宗亲，略无经画，敬死有余罪也。"神色自若，死经宿，面犹如生。诛三族，殁其家，家惟图书数卷。卓敬与道衍，虽故有隙，道衍令帝勿杀孝孺，而令帝杀敬，可看敬有实用之才而非浮文之人也。当建文之初，忧燕诸臣各立意见上奏疏，就中敬言最切实，若用敬言，燕王盖不得志也。至万历，御史屠叔方奏"表敬墓，立祠"。敬所著《卓氏遗书》五十卷，余虽未寓目，然被以管仲、魏征事而讽者之人，其书必可观矣。

主张不能容卓敬亦勿杀方孝孺之道衍，如何之人耶？以眇其目一山僧之身，劝王敢于篡夺，定策决机皆自当之，以"臣知天命，何问民意"之豪怀，鼓动天下簸荡，不惮使亿兆鸟飞兽奔。及功成呼少师不名，而不肯蓄发受命，赐邸第赐宫人，辞皆不受。冠带而朝，退即缁衣，香烟茶味，淡然终生。赠荣国公，赐葬，至令天子亲制神道碑。可谓又一个异人也。

如魔王，如道人，如策士，如诗客，实袁珙所谓异僧也。其所咏《杂诗》之一曰：

> 志士守苦节，
> 达人滞玄言。
> 苦节不可贞，
> 玄言岂其然。
> 出处固有定，
> 语默不无缘。
> 伯夷量何隘，
> 宣尼智何圆。
> 所以古君子，
> 安命乃为贤。

"苦节不可贞"一句，虽本于《易》爻辞节《上六》：
"苦节贞而凶"，口气自是道衍一家之言。况《易》"贞凶"
之"贞"，非"贞固"之"贞"，而为"贞敏"之"贞"，岂
无此说乎？至于"伯夷量何隘"，虽据古贤之言，然对圣之
清者肆无忌惮，亦可谓甚矣。其《拟古》诗之一曰：

> 良辰念难遇，
> 开筵当绮户。
> 会我同门友，
> 言笑一何朊？
> 素弦发清商，
> 余响绕樽俎。
> 缓舞吴姬出，
> 轻讴越女来。
> 但欲客忓醉，
> 觥筹何肯数？
> 流年叹焱驰，
> 有力谁能阻？
> 人生须欢乐，
> 长勿为辛苦。

拟古诗虽本不可为抒情之作，此非披缁焚香佛门之人所
吟也？其经北固山所赋怀古诗，虽不见今所存诗集，僧宗泐
一读曰："此岂释子之语也？"北固山，宋韩世忠伏兵大破
金兀术之处，其诗可想也。《咏刘文贞公墓》诗，直攄自己
胸臆。文贞即秉忠，如袁瑛所评："道衍于燕，如秉忠于
元。其初为僧，其立世功成，皆相肖。"盖道衍之于秉忠，

犹如岳飞比关、张，诸葛亮拟管、乐，思慕而有所模仿之。
诗曰：

良骥色同群，
至人迹混俗。
知己苟不遇，
终世无怨雠。
伟哉藏春公，
箪瓢乐岩谷。
一朝风云会，
君臣自心腹。
大业计已成，
勋名照简牍。
身退即长往，
川流去无复。
住城百年后，
郁郁卢沟北。
松楸烟霭青，
翁仲蘼芜绿。
强梁不敢犯，
何人敢樵牧？
王侯墓累累，
废不待草宿。
惟公在民望，
天地同倾覆。
斯人不可作，

再拜还一哭。

"藏春"，秉忠号也。"卢沟"，在燕城南。此诗倾倒于刘文贞甚明，举其高风大业，而至再拜一哭也。性情、行径相近，徘徊感慨，诚有不能止之者也。又别有"七律"《春日谒刘太保墓》，诚可证思慕之切也。长诗《东游别乡中诸友》，有句：

> 我生四方志，
> 不乐乡井中。
> 茫乎宇宙内，
> 飘转如秋蓬。
> 孰云无所挟？
> 耿耿存吾胸。
> 鱼忍为止沜？
> 禽肯作囚笼？
> 三登而九到，
> 欲与古德同。
> 去年淮楚客，
> 今往浙水东。
> 竦身入云衢，
> 一锡如游龙。
> 笠冲霏霏雾，
> 衣拂飕飕风。

"竦身"句，飒爽可悦。其末如：

江天正清秋，
山水亦改容。
沙鸟烟际白，
屿叶霜前红。

　　虽为常套语，亦觉可爱。"欲与古德同"，假若是，则往来淮楚浙东，可知亦为修行、亦为游览。然诗情亦饶人无疑。于诗则推陶渊明，有《笠泽舟中读陶诗》一作，中有评学渊明者：

应物趣颇合，
子瞻才当足。

　　举韦、苏二士，冷笑其他模仿者：

里妇西效颦，
可笑丑愈张。

　　又公暇读王维、孟浩然、韦应物、柳子厚诗，如赞四子诗，其所好有所主者，以示不泛滥。于当时之诗人，重高启，交情亦有亲者，《奉答高季迪》、《寄高编修》、《贺高启生子》、《高启钟山寓舍辱诗见贻》、《雪夜读高启诗》等诗，可征知之，亦可见此老诗眼不暗。《逃虚子集》十卷、《续集》一卷，诗虽不精妙，亦时有逸趣。今就其集考其交友，袁珙、张天师最为亲熟，赠遗之什甚不少。珙与道衍本互为知己，道衍又尝以道士席应真为师，受阴阳术数之学，因知道家之旨，通仙趣之微。诗集卷七有《挽席道士》，疑应

真抑或令其悼应真之族者。张天师乃道家栋梁，道衍重张无足怪也。于故友，最亲王达善，故其《寄王助教达善》长诗之前半，不忌叙自己之感慨行藏，可作道衍自传看也。诗曰：

乾坤果何物？
开阖古自有。
举世孰非客？
离会岂为偶。
嗟予蓬蒿人，
鄙狠匿林薮。
自惭鸳鸯姿，
宁学牛马走。
吴山窈而深，
养性甘老朽。
且共木石居，
冰檗志坚守。
人云凤栖枳，
岂同鱼在罶？
藜藿充我肠，
衣敝露两肘。
夔龙在高位，
谁来问可否。
盘旋草莽间，
樵牧日相叩。
啸咏拟寒山，
惟以道自负。

不忍强涂抹，
乞媚效里妪。
山灵不容藏，
辟历破冈阜。
出门睹天日，
行也焉肯苟。
一举即北上，
亲藩待惟久。
天地忽大变，
神龙起冰湫。
万方共忻跃，
率土戴元后。
召我来南京，
赏爵加恩厚。
常时荷天眷，
因爱不知丑。

"啸咏拟寒山"句，对照此老行为，虽觉近于矫饰之言，若夫不遇知己，强项之人或甘老朽吴山、作一生世外之衲子亦未可知，故尚不可遽断为虚高之辞也。惟道衍性豪雄，啸咏吟哦，或如狮子弄绣球以消日，可有终其身之事。或如寒山子，萧散闲旷，逍遥尘表，可否得以遗其身？亦可疑也。"夔龙在高位"，乃云建文帝。"山灵不容藏"以下数句，指被燕王召出。"神龙起冰湫"句，云燕王崛起之事，道得佳也。"因爱不知丑"句，是说感知己之恩、以徇自身于世也。可谓亦善标置矣。

考道衍一生，其帮燕成篡之所以者，如非为荣名厚利

也。而若不为名利，何苦令民人流红血、藩王戴白帽？道衍与建文帝，无深仇宿怨。道衍与燕王，亦无大恩至交，实有不可解者也。道衍不会因己之伟功以云为佛道，佛道为明朝所压迫，故非也。燕王虽不无觊觎之情，然道衍若不鼓扇煽火，燕王未必扬毒烟猛焰。道衍抑又有何求，令燕王决然而起耶？王举事时，道衍年已六十四五，吕尚、范增，虽皆老而后立，而以圆顶黑衣之人，奉诸行无常之教，而际落日暮云之时，令起逆天非理之兵。呜呼，又可谓不可解也。若强为道衍解，惟可云道衍有禀天之气、自负之材，乃一莽莽荡荡赳赳昂昂，不可屈不可挠不可消不可抑者，当遇燕王蓦然破裂，暴然迸发。可耶？非耶？予读其《迷虚子集》，多感慨于道衍英雄豪杰之迹，而不得不思其幽潜于佛灯梵钟之情少矣。

道衍为人古怪，实虽不可以一沙门目之，而好文为道之情亦不可伪也。此故，重修《太祖实录》，衍实为其监修，又中国有史以来最大编纂《永乐大典》之成，实为衍与解缙等为之，是皆出于好文之余；著《道余录》，著《净土简要录》，著《诸上善人咏》，是皆出于为道。史记：道衍晚著《道余录》，破毁先儒，识者鄙之。至其故乡长州候同产姊，姊不纳。访其友王宾，宾亦不见，但遥语曰："和尚误也，和尚误也。"复往见姊，姊詈之，道衍迷惘然，云云。道衍姊，奉儒斥佛乎？何不似妇女之见识？王宾虽史无传，思之，则为道衍所寄诗之王达善乎？扬声遥语，亦甚可鄙也。今读《道余录》，姊与友薄道衍以恶之，亦可谓过矣。道衍自序曰："余曩为僧时，值元季兵乱，年近三十，从愚庵及和尚、径山习禅学。有暇则披阅内外典籍，以资才思。因观河南二程先生遗书与新安晦安朱先生语录。（中略）三先生既为斯文之宗主、后学之典范，虽攘斥佛老，必当据理而至公无私，即服人心也。三先生因多不探佛书，不知佛之底蕴，一味以私意而出邪诐之辞，枉抑太过，世人亦心多不平，况宗其学者也？"（下略）《道余录》乃论程氏遗书中佛道者二十八条，论《朱子语录》中同样内容者有二十一条，目之极为谬诞。逐条据理，一一剖析。稿成藏之巾笥有年，后于永乐十年十一月附自序以公刊。今读之，大抵为禅子常谈，别无他奇。盖排明道、伊川、晦安之佛，皆无雄论博议，多卒然之言、偶发之语，而不广读佛典其亦所不免矣。故奉佛者如应酬三先生，本易辩之事，不必张胆怒目、戟手壮气，而道衍以峻机险锋徐对几百年前之故纸，纵说横说，甚是容易，是其无可观之所以也。而道衍笔舌锐利，骂明道之言："岂道学君子之所为也？""明道乃如执见僻说、委巷之曲士，诚可笑也。""明道何乃自苦如此也？"评伊川之言："此是伊川自造此说以诬禅学者，伊川良心安在？""程夫子倔强自任，传圣人道者不可如是也。"难晦安之言："朱子之寝语"云；"以惟逞私意"云；"朱子亦怪"云；"晦安如此用心，与市井间小人争贩卖者之所为何以异也？"云云。如此愚弄嘲笑先贤大儒、世所尊信崇敬者亦太过，其口气甚可憎矣。是盖至其姊不得不纳、其友不得不见之所以也。考道衍之言，大概依禅宗，不过据《楞伽》、《楞严》、《圆觉》、《法华》、《华严》等经，而论程朱排佛之说之非理无实也。然于程朱之学为一世之士君子所奉之日，以逞抗争反击之辩。书公开之时，道衍既七十八岁，虽曰为道，亦可谓好争也。此亦道衍莽莽荡荡之气不能自已然耶？非耶？

道衍如是之人，而犹不能容卓侍郎，以致令帝本欲赦之而杀。虽因有素不相善之私，又不能不为忌卓之才大器伟也。道衍所忌者，亦可谓卓惟恭乃雄杰之士也。

道衍对卓敬，假衍之诗句评之，可云："道衍量何隘？"

然道衍对方正学则大异。方正学之于燕王，实有不相容者，燕王辄兴师，其目以扫君侧小人为名、而构事破亲以误天下者，乃齐、黄、练、方四人也。齐，齐泰；黄，黄子澄；练，练子宁；而方，即方正学。燕王功成，得此四人欲甘心矣。道衍，王之心腹，初不会不知。然当燕王发北平，道衍送之郊外，跪而密启曰："臣愿有所托也。"王问："何也？"衍曰："南有方孝孺，以有学行而闻，王旗进城下之日，彼必不降，幸勿杀之。杀之则天下读书种子绝矣。"燕王首肯。道衍于卓敬，有私情之憎嫉；于方孝孺，有私情之爱好乎？何对二者有此厚薄耶？孝孺，宋濂门下之巨珠，道衍与宋濂，盖有文字之交。道衍少时，好学工诗，为濂所推奖。道衍岂以孝孺为濂所爱重之弟子，有所深知而庇护耶？或又以孝孺文章学术为一世所仰慕，杀之伤燕王盛德、

方孝孺

而成惹天下批议之所以，故虑而惮之耶？将又真惧天下读书种子绝耶？抑或亦想象孝孺严厉之操履，燕王刚迈之气象，二者相遇，冰块铁块相击，鸷王龙王相斗，而生凄惨狠毒之光景，而预欲防遏乎？今皆不能确知也。

方孝孺如何之人也？孝孺字希直，一字希古，宁海人。父克勤，济宁知府，为治以德为本，苦心为民。辟田野，兴学校，勤俭持身，敦厚待人。曾当盛夏，济宁守将督民筑城，克勤曰："民今无暇耕耘，又何堪奋锸？"请中书省，

得罢役。先是久旱，及罢役，甘雨大至，济宁民歌曰：

> 孰罢我役？
> 使君之力。
> 孰活我黍？
> 使君之雨。
> 使君勿去，
> 我民父母。

克勤得民意如是，视事三年，户口增倍，一郡饶足，男女怡怡乐生。克勤号愚庵，宋濂有《故愚庵先生方公墓铭文》，滔滔数千言，备尽其为人也。中记："晚年益加畏慎，昼所为事，夜则白于天。愚庵非寻常之循吏也。"濂又曰："古所谓体道成德之人，先生诚庶几焉。"盖濂非谀墓之辞也。孝孺为此愚庵先生第二子，天赋亦厚，庭训亦严。幼精敏，双眸炯炯。日读书盈寸，为文雄迈醇深，乡人呼作"小韩子"。其聪慧可知。

时宋濂以一代大儒受太祖优待，文章德业，为天下所仰望。四方学者悉称之曰"太子公"，而不以姓氏。濂字景濂，其先以金华潜溪人号潜溪。太祖誉濂于廷曰："宋景濂事朕十九年，未尝有一言之伪、诮一人之短，始终无二，非止君子，抑可谓贤矣。"太祖视濂如是，濂之人品可想也。孝孺以洪武九年见濂为弟子，濂时年六十八，得孝孺大喜之。潜溪《送方生还天台》诗序自记曰："晚得天台方生希直，其为人也，凝重不迁于物，颖锐以烛诸于理，间发为文，如水涌山出。喧啾百鸟中见此孤凤，焉能不喜？""凝重"、"锐颖"二句，写出老先生眼里好学生来，煞是有神。至"见此孤凤"，推重亦至。诗十四章，其二曰：

念子初来时，
才思若茧丝。
抽之已见绪，
染就五色衣。

其九曰：

须知九仞山，
功或少一篑。
学贵日随新，
慎勿中道废。

其十曰：

群经明训耿，
白日青天丽。
苟徒溺文辞，
萤爝争妍欲。

其十一曰：

姬孔亦何人？
颜面了无异。
肯堕盆盎中，
当作瑚琏器。

其终章曰：

> 明年二三月，
> 罗山花正开。
> 登高日眺望，
> 子能重迟来。

　　称其才，劝其学，戒其流而为文辞之人，求其奋而至圣贤之域，欲他日复再论大道。可见潜溪对孝孺称许甚至，亲切深彻。呜呼，老先生，孰不爱好学生？好学生，孰不慕老先生？孝孺其翌年丁巳，执经于浦阳就潜溪，从学四年，业大进，潜溪门下知名英俊，皆出其下，以致先辈胡翰、苏伯衡亦自谓不如。

　　洪武十三年秋，及孝孺归省，潜溪有送之五十四韵长诗，其引中记曰："细占其进修之功，日日有异，月月不同。仅越四春秋而英发光著如斯，后四春秋则其至又不知如何。以近代言之，欧阳少卿、苏长公辈姑置不论，自余诸子与之角逐文艺之场，真不知孰后孰先也。今为此说，人必疑予之过情，后二十余年，当信其为知言，非许生者之过也。虽然，予所许生者宁独为文者也？"又曰："予深惜其去，为赋是诗，既扬其素有之善，复勖以远大之业矣。"潜溪爱重、奖励孝孺可谓至尽也。其诗行辞自在，立意庄重，期孝孺以大成，必欲为经世济民之大儒。章末有句，曰：

> 生乃周容刀，
> 生乃鲁玙璠。
> 道真器乃贵，

奚须用空言？

孳孳务践形，

勿负七尺身。

敬义以为衣，

忠信以为冠。

慈仁以为佩，

廉知以为鞶。

特立睨千古，

万象昭无昏。

此意竟谁知，

为尔言谆谆。

勿谓徒强聒，

——宜书绅。

　　孝孺至后录此诗视之于人时，书曰："前辈勉后学，惓惓之意特不仅在于文辞，望相与勉之。"临海林佑、叶见泰等，跋潜溪诗，又各求孝孺以酬宋太史之期望。孝孺果不负潜溪。

　　孝孺集，以其人为天子所恶、一世所讳，当时归于绝灭，殁后六十年，临海赵洪付梓而复渐得以传世。今执《逊志斋集》读之，觉蜀王所谓正学先生之精神面目奕奕俨存。读其《幼仪杂箴》二十首，自坐、立、行，至言、动、饮、食等，皆欲不违其道，而可看其由实践躬行底而成德之意。读其《杂铭》，自冠、带、衣、履，至箸、鞍、辔、车，各物一一则汤之日新之铭。下语为文，可看其反省修养之意。读《杂诫》三十八章、《学箴》九首、《家人箴》十五首、《宗仪》九首等，可看希直为学排空言、尊实践，体验心证，而跻圣贤之域。《明史》称："孝孺末视文艺，恒以明王道致太平为己任。"（此本郑晓《方先生传》）真然也。孝孺所志远大，所愿真挚，使人感奋。《杂诫》第四章曰："学术之微，四蠹害之：文奸言，撼近事，窥伺时势，趋便投隙，以富贵为志，此谓之利禄之蠹；耳剽口衔，诡色淫辞，非圣贤而自立，以果敢大言高人，而不顾理之是非，是谓之务名之蠹；毁訾先儒，以谓莫不及我也，更为异义以惑学者，是谓之训诂之蠹；不知道德之旨，以雕饰缀缉为新奇，以钳齿刺舌为简古，于世无所加益，是谓之文辞之蠹。四者交作，圣人之学亡矣。必本诸于身，见诸于政教，可以成物者，其惟圣人之学乎？去圣道而不循，而惟归之于蠹，甚哉惑也。"照孝孺此言，郑晓所传实不虚也。《四箴》序中引曰："合天不合人，同道不同时。"照孝孺此言，可看其已卓然自立，有所信，有所安，而入潜溪先生所谓"特立睨千古，万象昭无昏"之境也。又读其《克畏之箴》：自"啊，皇皇上帝，降衷于人"……可看到孝孺乃善良之父、方正之师，浸涵孔孟正大纯粹之教之德光惠风，真愿自心胸深处体道成德之人也。

孝孺既末视文艺，为孔孟之学，欲任伊周之事也。然其文章自佳，前人评曰："醇庞博朗，沛乎有余，勃乎莫御。"又曰："醇深雄迈。"其一大文豪，世本有定评，不可动也。诗虽盖无所用其心，亦自可观。其《次王仲绅感怀韵》诗末有句曰：

壮士千载心，
岂忧食与衣？
由来浮海志，
是无轩冕姿。
人生尚闻道，

富贵复奚为?
贤有陋巷乐,
圣有西山饥。
朵颐多所失,
苦节未可非。

道衍,豪杰也;方孝孺,君子也。逃虚子歌曰:"苦节
不可贞。"逊志斋歌曰:"苦节未可非。"逃虚子吟曰:"伯
夷量何隘?"逊志斋吟曰:"圣有西山饥。"孝孺又于《过濛
阳》诗中吟曰:"因之念首阳,西顾清风生。"又,《乙丑
中秋后二日寄兄》诗句曰:"苦节慕伯夷。"人异情异,情
异诗异。道衍为僧,倡言:"觥筹又何数?"如快乐主义者。
希直为俗,《饮之箴》曰:"酒之患,令谨者荒,庄者狂,
贵者贱,存者亡。"《酒卮铭》曰:"恰亲和众亦恒于斯,
造祸生败亦恒于斯。惩其恶以趋善,尚慎其仪。"逃虚子奉
佛,而如顺世外道。逊志斋尊儒,而如净行者。呜呼,何其
奇也。然,逊志斋非不解饮,其《上巳登南楼》诗曰:

昔时喜饮酒,
举白不辞深。
自兹及中岁,
已复畏人斟。
后生多所谅,
岂识老会临?
志士惜景光,
登麓已知岑。
每闻前世事,

颇见古人心。
逝者诚不息，
将来谁嗣今？
百年当有成，
泯灭宁足钦？
每怜伯牙陋，
钟死破其琴。
自得苟堪传，
何必求知音？
俯观水中鲦，
仰睹云际禽。
真乐吾不隐，
欣然豁烦襟。

　　前半，叹厄酒之欢乐以致于学业之荒废；后半一转，谓真乐在于自得，而外无待也。怜伯牙之陋而破琴，引庄子而举不隐。自外入者无中主，由门进者非家珍。举白成乐，何其至乐矣。

　　以逊志斋诗比逃虚子诗，风格自异，精神迥殊。至于意气俊迈虽不相逊，然正学先生诗毕竟是正学先生诗，考其归趣，每每欲合于正正堂堂之大道，绝不作欹侧诡诐之言，而无放逸旷达之态。如勉学诗二十四章，盖虽壮时之作，其本色也。《谈诗》五首之一曰：

举世皆宗李杜诗，
未知李杜更宗谁。
能探风雅无穷意，

始是乾坤绝妙词。

其二曰:

> 发挥道德乃成文,
> 枝叶何曾离本根。
> 末俗竞工繁缛体,
> 千秋精意谁与论?

是正学先生于诗之见也。斥华尚实,爱雅恶淫。寻常一样诗词之人,绮丽自喜,藻绘自炫,而如忘其本旨已逸正道、趋邪路,为希直所断不取也。希直父愚庵、师潜溪之见虽亦大略如是,希直性好方正端严自不得不如是,希直决非自欺也。

孝孺父洪武九年殁,师十三年殁。洪武十五年以吴沉之荐见太祖,太祖喜其举止端整,谓皇孙曰:"此庄士,当老其材以辅汝。"阅十年又荐而至。太祖曰:"今非用孝孺时。"太祖器重孝孺而不举,何也?后人于此多有致虑,然此不可强解。太祖爱重孝孺,于前后召见间,尝为仇家所累,械送孝孺至阙下,太祖记其名特释之。以此征之亦明也。孝孺学德渐高,太祖第十一子蜀王椿,聘孝孺为世子傅,尊以殊礼。王赐孝孺书,有"余一日不见有如三秋"之语。又王送孝孺诗,有"阅士孔多,我敬希直"句。其一章有句:

> 谦以自牧,
> 卑以自持。

雍容儒雅,
鸾凤有仪。

又,其赐诗三首之一,有句:

文章奏金石,
衿佩睹仪刑。
应世游三辅,
焉能囿一经?

王之优遇可知也。孝孺以道答恩亦可知也。王题孝孺读书庐曰"正学",孝孺自谓"逊志斋"。人称"正学先生",实因蜀王之赐题也。

太祖崩至立皇太孙,廷臣交相荐孝孺,乃召入翰林。德望素隆,为一时所倚重。自政治及学问,承帝咨询殆无间也。翌二年为文学博士。及燕王举兵,日召以参谋议,诏檄皆出孝孺之手。三年至四年,孝孺虽甚煎心焦虑,然身非武臣,皇师数屈,燕兵遂到城下。金川门失守,当帝自焚大内,孝孺为伍云等所执而下狱。

燕王得志,今既已为帝,素知孝孺之才,又听道衍之言,乃欲赦孝孺以用之,待以不死。孝孺不屈。因之系狱,使孝孺弟子廖镛、廖铭以厉害说之。二人乃德庆侯廖权之子,孝孺怒曰:"汝等从予读几年书,还不知义为何也?"二人不能说,而已。帝犹欲用孝孺,一日下谕再三,然终不从。帝欲草即位诏,众臣皆举孝孺,乃召而出狱。孝孺丧服,悲而恸哭,声彻殿陛。帝降榻劳曰:"先生勿劳苦,我欲周公辅成王耳。"孝孺曰:"成王安在?"帝曰:"渠自焚死。"孝孺曰:"成王即不存,何不立成王之子?"帝曰:

"国赖长君。"孝孺曰:"何不立成王之弟?"帝曰:"此朕家事,先生勿甚劳苦。"顾左右授笔札,徐诏曰:"诏天下,非先生草不可。"孝孺大披数字,掷笔于地,又大哭,且骂且哭曰:"死即死耳,诏断不可草!"帝勃然大声曰:"汝何能得遽死?即死,独不顾九族乎?"孝孺奋然曰:"十族又奈何于我?"声甚厉。帝本雄杰刚猛,于是大怒,命以刀抉孝孺口,复锢之于狱。

孝孺为宋潜溪所知,盖以其《释统》三篇及《后正统论》也。四篇之文雄大庄严,其大旨在于:据义理之正,斥情势之归;尚王道,卑霸略;虽为全有天下而号令海内,若不于其道者,则不可目为正统之君主。秦、隋、王莽、晋、宋、齐、梁、则天、符坚,此皆虽有天下逾数百年,但不可为正统。孝孺言曰:"君所贵者,岂可谓有其天下也?"又曰:"有天下而不可比正统者三:篡臣也,贼后也,夷狄也。"孝孺《篇后》书曰:"予为此文未尝出以示人。闻此言者,咸訾笑予以为狂,或阴诋诟之。谓其然者独予师太史公与金华胡太翰耳。"夫正统变统之论,本虽为史而发,然"君所贵者岂可谓有其天下"——为如斯之论后二十年,一朝面对篡夺之君,被逼草诏诰天下,呜呼,命运遭逢亦可谓奇矣。孝孺又尝为《笔之铭》,曰:

妄动有悔,
道不可悖。
勿谓汝才,
后有万世。

又尝为《纸之铭》,曰:

以之立言，欲载其道。
以之记事，欲利其民。
以之施教，欲行其义。
以之制法，欲为其仁。

　　此等文，盖少时所为也。呜呼，命运遭逢又何其奇矣。二十余年后，纸笔在前，临此草诏，富贵久已待我；临此拒命，刀锯疾欲加我。呜呼，正学先生，于是问"成王安在"，于是掷笔于地恸哭。不负父，不负师，合天不合人，同道不同时。凛凛烈烈，不屈不挠，苦节欲慕伯夷。壮矣哉！

　　帝收孝孺一族，每收一人辄示孝孺，孝孺不顾，乃杀之。孝孺妻郑氏与诸子皆先经死，二女被逮过淮时，相与自桥上投水死。季弟孝友被逮将戮，孝孺目之泪下，不愧正学之弟也，吟诗而赴死：

　　　　阿兄何必泪潸潸，
　　　　取义成仁在此间。
　　　　华表柱头千岁后，
　　　　旅魂依旧到家山。

　　母族林彦清等，妻族郑原吉等九族既戮，门生等亦以方氏之族罪之，坐死者凡八百七十三人，远谪配流者不可数也。孝孺终于磔杀于聚宝门外。孝孺慨然为《绝命词》就戮，时年四十六。词曰：

　　　　天降乱离兮孰知其由。
　　　　奸臣得计兮谋国用犹。

炉边情话 LUBIANQINGHUA

命运

忠臣发愤兮血泪交流。

以此殉君兮抑又何求。

呜呼哀哉兮庶不我尤。

　　廖镛、廖铭拾孝孺遗骸葬于聚宝门外山上，二人亦收而被戮。同门人林嘉猷曾对燕王父子施反间计，此亦被戮。

　　方氏一族如是殆绝，孝孺幼子德宗，时甫九岁，为宁海县典史魏公泽所护匿而得不死，后为孝孺门人俞公允所养，遂冒俞氏繁衍子孙。万历三十七年有二百余丁，见松江府儒学之籍册，复许以姓，方氏又至繁荣。廖氏二子及门人王稌等拾骸之功亦不空，至万历，墓碑祠堂成，祭田及啸风亭等备，松江求忠书院亦成。如在世之正学先生，岂无后无祠、泯然而灭乎？

　　死节而被夷族之事本悲壮，是以令后过正学先生墓者不能不怆然有感、泫然而泣也。乃致祭吊慷慨之诗累篇积章甚多矣。卫承芳古风一首，中有句曰：

　　　　古来叩马者，

　　　　采薇称逸民。

　　　　明德讵逊周，

　　　　乃无成其仁？

　　慕刘秉忠之人道衍，得成其功如秉忠。慕伯夷之人方希直，至成其节比伯夷。王思任二律之一，有句曰：

　　　　十族有魂依暗月，

　　　　九原无愧付青灯。

李维桢五律六首中有句，曰：

国破心仍在，
身危舌尚存。

又有句曰：

气壮河山色，
神留宇宙身。

燕王今非燕王，俨然在九五之位，改明年为永乐元年。而建文皇帝如何？燕王言曰："予始遭难，不得已以兵救祸，誓除奸恶以安社稷，欲为庶几周公之勖。不意少主不亮予心，自绝于天。"建文皇帝果崩否？《明史》记："帝不知所终。"又记："或云帝自地道出亡。"又记："滇、黔、巴、蜀间，相传有帝为僧时往来迹。"此言者有二三。帝果赴火死乎？抑又薙发而逃乎？《明史》卷一百四十三《牛景先传》后，记《忠贤奇秘录》及《致身录》等事，录盖以晚出附会不足信之语作结，暗有否定"建文帝出亡、诸臣庇护"之口气。然卷三百零四《郑和传》记："成祖疑惠帝亡海外，欲踪迹之。且欲耀兵异域，以示中国之富。"郑和始航西洋乃于燕王得志第四年，即永乐三年。永乐三年犹有疑，何也？又，给事中胡濙与内侍朱祥永乐中遍寻荒徼数年，见卷二百九十九。虽名为欲索仙人张三丰，如山谷索仙，永乐帝聪明勇决，岂真有其事也？可知所欲得者非真仙，而别有所存也。盖当此时，元余孽犹存在，漠北无论，西陲南裔亦尽不顺明之化，有"野火烧不尽，春风吹又生"之势。且天生一豪杰于铁门关边

之竭石，喀赞（Kazan）为其所弑，而后治大帝国。此乃帖木儿，西人所谓 Timur 也。帖木儿据马尔干达，攻略四方，振威甚大，虽对明纳贡，然于太祖末年留使傅安而不归，邀之行数万里遍游领内诸国，既略印度，取 deruhi，袭波斯，征土耳其，心窃窥中国，席卷四百余州，欲复大元遗业。永乐帝燕王，出征塞北，素知胡情，部下诸将亦多通夷事。王南下，藏番骑于幕中。凡征之此等事，可知永乐帝通晓塞外之情势。若建文帝出走域外依倔强自大者，外敌得觊觎中国之便，义兵可起于邦内，一如重耳一度逃却而得势也。此不得不为永乐帝所忧惧。郑和泛舰远航，使胡濙遍历索仙，如有所衔密旨，而又实出于郑扬威于海外、胡询异于幽境之自然也。善射者重雁影而射，善谋者复机会而谋。虽一箭不获二雁而不失一雁，虽一计不收双功而得一功。永乐帝之智，岂敢名为索建文而发使也？况郑和为宦官，偕胡濙之朱祥亦为内侍也？密意有可察者也。

郑和与王景弘等共出使。和既出，帝令袁柳庄子袁忠彻相之，忠彻曰："可。"和所率将卒二万七千八百于人，舶长四十四丈、宽十八丈者六十二，自苏州刘家河泛海至福建，由福建五虎山扬帆入海，阅三年于永乐五年九月还。建文帝事无有得，而诸番国使者随和朝见，各各贡其方物。和又俘三佛齐国酋长献之，帝大悦。由是而不关建文事，再三出和，专扬国威。和奉使前后七回，其间，或战锡兰山（Ceylon）王阿烈苦奈尔而擒之以献，或战苏门答腊（Sumotala）前前伪王之子苏干剌，并其妻俘而献之。于西南诸国大扬明威，远至勿鲁漠斯（Holumusze 波斯）、麻林（Mualin？阿非利加？）、祖法儿（Dsuhffar 阿剌比亚）、天方（"Beitullah" Hose of God 之译、麦喀、阿剌比亚）等。《明史·外国传》西南方稍详，乃采录随行郑和之巩珍所著《西洋番国志》以为本欤？

胡濙等无得而作罢，然索张三丰事为天下所知。乃于三丰

所居之武当大和山营观，役夫三十万，费赀百万。工部侍郎郭
缙、隆平侯张信等当其事。三丰尝游武当诸岩壑，谓此山异日
必大兴，而实现于此也。

建文帝如何？传曰：金川门失守，帝欲自杀，翰林院编
修程济白之："不如出亡。"少监王钺跪进白之："昔高皇帝
升遐时，有遗箧，宣临大难可发之。谨收奉于奉先殿左。"群
臣皆曰："疾出之。"宦者忽舁来一红箧，视之周围固以铁，
二锁亦灌铁，不可开。帝见之大恸，放火于大内，皇后赴火
死。此时程济力碎箧，取出箧中物。出物抑何也？释门人皆
可要、而大内等无可用之度牒三张。度牒乃出家为僧时官许
认之牒，无此僧亦为暗身。三张度牒，一录应文之名；一有
应能之名；一有应贤之名。袈裟、僧帽、鞋、剃刀，一一具
备，另有银十锭。箧内有朱书，读之，曰："应文自鬼门出，
余由水关御沟而行，薄暮会于神乐观西房。"众臣惊战，面面
相看，久无言者。天子仰叹："数也！"

帝讳允炆，与应文之法号自相应。且明开基之太祖高皇
帝本为僧，后为天下之主。元顺宗至正四年，年十七时疫病
大行，父母长兄幼弟皆亡，家贫不能供棺椁，悲苦而藁葬之。
仲兄二人，自舁遗骸至山麓，绠绝而又不能如何。仲兄言驰
还取绠，仲兄亦亡，孤身无依，遂入皇觉寺院为僧。化缘至
合肥，于光、固、汝、颖等州托钵修行，三年间草鞋竹笠、
身忧云水。帝生为太祖皇孙，金殿玉楼之人，然如是因如是
缘，今将为袈裟佛珠之人。不可思议者有余。程济即从圣意
为之祝发。万乘君主坠金冠，剃刀冷光薙翠发。悲痛何可堪
耶？吴王教授杨应能白："臣名应度牒，愿祝发随之。"监察
御史叶希贤白："臣名贤，应贤无疑。"各剃发、易衣、披
牒。在殿凡五十六人，痛哭倒地，俱矢志相随。帝以人多易
生得失，麾之使去。御史曾凤韶，云"愿以死报陛下"退去，

后果不应燕王诏而自杀。

诸臣大恸渐去，帝至鬼门，从者实九人。至则一舟在岸，遂有神乐观道士王升，见帝叩头称“万岁”，曰：“呜呼，来也。臣昨夜蒙高皇帝之命居此。”乃乘舟至太平门。升导至观，恰已薄暮。杨应能、叶希贤等十三人自陆路而至。合二十二人：兵部侍郎廖平、刑部侍郎金焦、编修赵天泰、检讨程亨、按察使王良、参政蔡运、刑部郎中梁田玉、中书舍人梁良玉、梁中节、宋和、郭节、刑部司务冯傕、镇抚牛景先、王资、刘仲、翰林待诏郑恰、钦天监正王之臣、太监周恕、徐王府宾辅史彬，及杨应能、叶希贤、程济。帝宣：“今后仅以师弟称，不必拘主臣之礼。”诸臣泣诺。廖平于是谓人人曰：“诸人固愿随也，但随行者多无功而有害。家室无累而足以膂力捍卫者多不过五人，余俱可遥以应援。”帝亦以为然也。应能、应贤二人称比丘。程济称道人，常随侍左右。冯傕称马二子，郭节称雪庵，宋和称云门僧，赵天泰称衣葛翁，王之臣以补锅为生计，称老补锅。牛景先称东瑚樵夫。各各埋姓变名，阴阳扈从。帝欲往滇南依西平侯，史彬危而止之。臣等中或白：“留锡于房舍稍足而旦夕可备者处，缓急移动无不可也。”帝以为有理，遂定廖平、王良、郑恰、郭节、王资、史彬、梁良玉七家，轮流为主。

翌日得舟奉帝于史彬家，同乘者八人，程、叶、杨、牛、冯、宋、史，余皆挥泪而别。帝取道溧阳，至吴江黄溪史彬家，以月终诸臣渐相聚伺候。帝命各各归省。燕王即位，诸官员抛职遁去者削官籍。吴江邑丞巩德，以苏州府之命至史彬家，夺官，且曰：“闻君家傅建文帝。”彬惊曰：“全无其事。”次日，帝共杨、叶、程三人出吴江，登舟至京口、过六合，陆路至襄阳，抵廖平家。有问其后者，遂决意入云南。

永乐元年，帝留云南永嘉寺。二年，出云南，自重庆抵襄阳，又东至史彬家。留三日，游杭州、天台、雁荡，又归云南。三年，至重庆大竹善庆里。此年或若前年，帝闻金陵诸臣惨死之事，泫然而泣曰："我获罪于神明，诸人皆为我也。"

建文帝如今是僧应文，心平静如水，袈裟裹枯木之身，山水逐白云之迹，或草庵，或茅店，闲坐漫游。燕王如今是皇帝，居万乘之尊，无一身之安。永乐元年，鞑靼兵犯辽东，寇永平。二年，虽因鞑靼和瓦剌（Oirats 西部蒙古）不相和而无边患，三年，鞑靼时时伺塞下。尤其这年帖木儿兴大兵，常取道别失八里（Bisbalik），自甘肃乱入。甘肃距京虽远，帖木儿之勇威猛势，太祖时已知，永乐帝忧虑可察。此事《明史·外国传》所记不过数语："朝廷闻帖木儿假道别失八里率兵而东，敕甘肃总兵宋晟儆备。"然塞外事用意甚密，永乐八年以后，帝屡屡亲征漠北，此时闻帖木儿东进奚能晏然？太祖洪武二十八年，令傅安等使帖木儿处，安等犹未还，忽得此报，得无疑虑乎？

帖木儿，父答剌岂（Taragai），元至元二年生。生而跛，呼曰"恶人岂木楞可（timurlenk）"。lenk，波斯语"跛子"。帖木儿之称起于此。为人雄毅，善用兵为政。明太祖开基前后大得势，自洪武五年之后征战三十余年，威名及阿非利加、欧罗巴。帖木儿奉回教，明初，放逐居甘肃之回教徒，回徒多归帖木儿领土，故帖木儿欲由甘肃而入。永乐元年（1403）至永乐三年在帖木儿手下之库剌维（Clavijo, Castilian Ambassador）记曰："帖木儿令中国帝使坐于西班牙帝使之下，云勿令吾儿吾友西班牙帝使坐于盗贼无赖中国帝使之下。"又同时在帖木儿军营服务之巴发利亚人西鲁特贝盖尔（T. Schiltber）记曰："中国帝使求进贡，帖木儿怒曰：'吾不复进贡，若求进贡，请帝自来。'乃发使征兵，得百八十万，将欲发。"公元一三九八年，帖木儿征西部波斯，是年冬，始知

明太祖及埃及王死。可知帖木儿用意于西方也。然则燕王自
起兵终至即位事，帖木儿久已知之。建文二年（1400），帖木
儿攻奥特曼帝国，在外五年，永乐二年（1404）还撒马尔干。
卡斯其利亚王使引见中国帝使即在此年。翌年即马首东向，
屡屡侵入战争频仍之中原地带。

可知永乐帝得此报，不仅敕宋晟儆备，且已早有防备。
宋晟乃好将军，平羌将军西宁侯也。曾有御史劾晟自专，帝
弗听，曰："任人不专，功不能成。况大将统制一边岂能拘
于文法？"又尝曰："西北边务一以委卿。"对其材武称许如
是也。帖木儿欲来，帝亦别有所虞。盖当燕举兵，史虽未明
记，借鞑靼兵以成其功，围蔚州时可征知之。建文未死，从
臣中亦有如道衍、金忠辈之策士，若借西北胡兵则天下事不
可知矣。郑和、胡濙出而徒然乎？建文草庵之梦、永乐金殿
之梦，孰安，孰不安，试欲问之也。幸帖木儿一千四百零五
年即永乐三年二月十七日，病死于奥特拉尔，致使禹域之民
免遭二雄不相下、龙斗虎争之惨祸。

四年，应文至西平侯家。止之旬日。五月，结庵于白龙
山。五年冬，建文帝祭死难之诸人，自为文哭之。朝廷索帝
密，帝深潜不出。此岁傅安归朝。安历游胡地数万里，留域
外殆二十年，所著有《西游胜览诗》，为好事者所喜读。帖木
儿之后哈里（Hali），无雄志，令使伴安贡方物。六年，白龙
庵有灾，程济募葺之。七年，建文帝至善庆里，至襄阳，还
滇。朝廷密索帝于云南、贵州间。

八年春三月，工部尚书严震使安南途中，忽遇建文帝于
云南。旧臣犹锦衣，旧帝已布衲，震恐惧落泪不止。帝问：
"欲奈我何？"震对曰："君任心矣，臣自有处置。"人生有不
堪悲者，当夜于驿站自缢而死。夏，帝病卧白龙庵，史彬、
程亨、郭节时至，三人久留，帝遣之，曰："今后勿再来，
我安居，心勿念。"帝舍白龙庵。此岁，永乐帝以去年失丘福

于漠北，发北京入胡地，与本雅失里（Benyashili）、阿鲁台（Altai）等战，胜之，于擒狐山、清流泉两地勒铭而还。

九年春，白龙庵为有司所毁。夏，建文帝至浪穹鹤庆山，建大喜庵。十年，杨应能卒，叶希贤继而卒。帝因纳一弟子名应慧。十一年，至甸而还。十二年，学易学。此岁，永乐帝再出塞外，征瓦剌。皇太孙临危难于九龙口。十三年，建文帝游衡山。十四年，帝命程济录《从亡传》，自为序。十五年，史彬至白龙庵，不见庵，惊讶而索帝，终遇于大喜庵。十一月，帝至衡山，可避也。十六年，至黔。十七年，始观佛书。十八年，登峨眉。十九年，入粤，游海南诸胜，十一月还。此岁阿鲁台反。二十年，永乐帝亲征阿鲁台。二十一年，建文帝登章台山，游汉阳，留大别山。

二十二年春，建文帝东行，冬十月，史彬相遇于旅店。此岁，阿鲁台寇大同。去年亲征阿鲁台，阿鲁台遁而不战，师空还。今又犯塞，永乐帝再亲征。不遇敌，军至不足食也。归路次榆木川，急病而崩，盖可疑也。永乐帝既崩，建文帝犹在，帝与史彬相遇于客舍，自老实贞良之老臣口中得知篡国夺位叔父之死，世事虽不可测，然薙发脱宫、堕泪登舟时，孰思今日会有茅店茶后、深仇入冥土之谈也？呜呼，亦可谓奇矣。不知应文禅师作如何之感。即与彬同下江南，至彬家，不久登天台山。

仁宗洪熙元年，建文帝拜观音大士于潮音洞，五月还山。此岁仁宗崩，索帝事渐忘。宣宗宣德元年秋八月，祭从亡诸臣于庵前。此岁汉王高煦反。高煦，永乐帝子，仁宗同母弟，宣德帝叔父。燕王举兵，高煦从父力战，材武自负，善骑射，酷肖燕王。当永乐帝立储，丘福、王宁等武臣，意属高煦，而高煦亦恃战功有所期。然永乐帝立长子，高煦为汉王。高煦怏怏。仁宗立，其岁崩，及仁宗子即大位，遂反。高煦于

宣德帝，犹燕王于建文帝也。其父反而帝，高煦学父所为，
阴谋无不至矣。然至事发，帝亲征降之，高煦乃被废为庶人。
后锁执于逍遥城内，一日，帝熟视之，高煦急立，出帝不意，
伸一足勾帝使之踏地。帝大怒，命力士以大铜缸覆之。高煦
多力，缸重三百斤，以项负缸而起。帝命于缸上积炭如山燃
之。高煦生堕于焦热之地狱，高煦诸子皆赐死。燕王垂范敢
反，虽身幸得志，终死于域外之榆木川，爱子高煦坠焦热地
狱。如是果如是报，可悲可悼，可惊可叹！

二年冬，建文帝宿永庆寺，题诗曰：

> 杖锡来游岁月深，
> 山云水月傍闲吟。
> 尘心消尽无些子，
> 不受人间物色侵。

由是，帝优游自适，居然一头陀也。九年，史彬死，程
济犹从。帝善诗，尝赋诗，其一曰：

> 牢落西南四十秋，
> 萧萧白发已盈头。
> 乾坤有恨家何在，
> 江汉无情水自流。
> 长乐宫中云气散，
> 朝元阁上雨声收。
> 新蒲细柳年年绿，
> 野老吞声哭未休。

又尝有《题贵州金竺长官罗永庵壁》七律二章，皆可诵。
其二曰：

206

阅罢楞严磬懒敲，
笑看黄屋寄团瓢。
南来瘴岭千层迥，
北望天门万里遥。
款段久忘飞凤辇，
袈裟新换衮龙袍。
百官此日知何处？
惟有群乌早晚朝。

　　建文帝如是山青云白处，无事度余生，迁人隐士踪迹杳渺不可知，或以此终其身矣；然天意不测，鱼潜深渊有登案之日，禽翔高空有宿天之由，忽然又及入宫。其事实出意表。帝同寓之僧见帝诗，遂猜知是建文帝，窃其诗至思恩知州岑瑛处，云："吾本建文皇帝也。"盖思今朝廷亦不窘建文而必厚奉之。瑛闻之大惊，尽得同寓僧送之京师，飞章以闻。帝及程济亦在至京之数。御史及纠僧，僧曰："年九十余，今惟思得葬于祖父陵旁也。"御史因建文帝生于洪武十年，距正统五年六十四岁，何得以九十岁而疑之，详加诘问遂断其伪。僧实为钧州白沙里人，名杨应祥者也。因奏僧处死，从者十二人流配戍边。帝在其中，于是不得已而告其实。御史尤大惊，密奏此事。

　　正统帝父亲宣宗皇帝，会汉王高煦反，虽幸降之，然至为叔父而动兵之境遇，诚与建文帝无异。天子绍其宣宗，对建文帝当有如何之感耶？闻御史密奏，即召宦官中亲建文帝者，以探虚实。有谓吴亮者，事建文帝，乃命亮探应文果为帝否。亮见应文，应文遽曰："汝非吴亮乎？"亮犹谓不然。帝语旧事，曰："尔非亮耶？"亮胸塞不能答，哭

伏于地。忆建文帝左趾有黑子，亮近而摩视御趾，正有其痣，怀旧之泪不可遏，复不能仰视。退而申其由，后自经而死。于是事实既明，迎建文帝入西内。程济闻之，曰："今日臣事已终。"遂归云南焚庵，散同志之徒。帝在宫中，以老佛呼之，以寿而终。

《女仙外史》记忠臣等于名山幽谷索帝，其文若有若无，如实如虚，缥缈有趣。记永乐帝榆木川崩，受鬼母一剑，又引野史曰："永乐帝到榆木川，遇野兽突至，搏之，被攫仅剩半躯，敛而杀匠，所以泯灭其迹也。"野兽耶？鬼母耶？吾不知之。西人或以帝为胡人所杀，果然，则帝尤丘福，而令福同其死也。帝负勇武，每战冒危，榆木川之崩，盖《明史》讳而不书也。

数耶？数耶？红箧度牒，袈裟剃刀，噫，又何奇耶？道士零梦，御沟扁舟，噫，又何奇耶？吾尝读《明史》惊其奇，欲共建文帝发所谓"此乃数也"之语。后又读《道衍传》，中记曰："道衍永乐十六年死。"临死，帝问所欲言，衍曰："僧溥洽系之久，愿赦之。"溥洽，建文帝主录僧，初随帝入南京，辄以建文帝僧而遁去。有知溥洽状者，或有云溥洽之匿所也。帝乃以他事禁溥洽，而命给事中胡濙等遍物色建文帝，久不得之。溥洽坐系十余年，至是，帝以道衍言命出之。衍顿首谢，寻卒。箧中朱书，道士灵梦，王钺之言，吴亮之死，道衍之请，溥洽之默……呜呼，数，非数，道衍盖有知耶？而榆木川客死，高煦焦死，数，非数，道衍、袁珙辈固所不知，惟天知之耶？

（大正八年四月）

自 跋

　　嘉定钱大昕，博通群籍，达识能文，本乾隆巨星，一代仰视。好考史，所著有《二十四史考异》、《元史艺文志》等，人皆称之。其所笔有《万先生传》一篇。万氏，名斯同，字季野，鄞人。明崇祯十六年生，或云十二年生，清康熙四十一年卒。明清之际，伟材辈出，而安溪李厚安，最少许可之。曰："吾生平所见不过数子，顾宁人、万季野、阎百诗，是真足以备石渠顾问之选者也。"其学博精可知。季野所著有《读礼通考》二百六十卷、《明史稿》五百卷、《历代史表》六十四卷等。初，康熙十八年诏之令修《明史》，大学士徐元文欲推荐入史局，斯同力辞。乃延主其家，以布衣参编辑。诸纂修官以至稿皆送斯同复审。斯同补入参校，能尽其实。元文罢，继之者大学士张玉书、陈廷敬，尚书王鸿绪，皆延请斯同，礼有所加。斯同，详通诸史，博识绝伦，尤熟明代之掌故，于《有明十五朝实录》几能成诵，其外，邸报、野史、家乘，无不遍观而熟悉。举一人一事随问之，即详述其曲折始终，听之如悬河之泻。传斯同者，钱传之外有全祖望《万贞文先生传》；又，黄百家有《万季野先生斯同墓志铭》。大昕，季野弟子，乃作《万先生传》。

　　据钱传记，建文一朝无实录，野史因有逊国出亡之说，后人多信之。先生即断之曰："紫禁城无水关，无可出之理，鬼门亦无其地。《成祖实录》称：'建文自焚宫阙，上望见宫中烟起，急遣中使往救，至已不及。中使火中出其

209

尸，还白上。'中使者，乃成祖内监也，安肯以后尸诬其主耶？而清宫之日，中涓嫔御，建文所属意者逐一毒之。考苟无自焚之实据，岂肯不行大索之令？且建文登极二三年，削夺亲藩，曾无宽假，以致燕王称兵犯阙，逼迫自殒。即出亡亦是势穷力尽，谓之逊国，可乎？"由是，建文之书法遂定。

辛楣所记如是，是即季野以建文出亡之事为无也。季野之言可信乎？不可信乎？黄百家所撰墓志、全祖望所叙之传，及钱大昕所为之文，合而考之，一如万季野其人其学可信者，若以其人其学之可信而信其言，建文出亡事无亦可信。禁城无水关，鬼门亦无其地，故"道士舣舟以逃建文"等事亦都是乌有之谈也。呜呼，我实欲信万先生，而无不欲信者也。然先于万先生，凤已有"水关鬼门，建文出亡"之谈，故万先生排之，为其事之无有。然则虽必无其事，但有"函中有僧衣，水上见道士"之言，而又有造其言之人也。凡虚谈妄说，其事不当有、而令人以为其事或有者，必是诡谋巧智之人，用造谣流言之术，而使世俗众愚好而信之也。读中国史，凡运移命革之时，多有神异之事，以示天意有所属也。刘季未起，龙种之名夙传，贵相之誉屡屡布之：大蛇斩，老妪哭，彩云见，健妇就。诚令人以为"天命在于草野一英雄"也。盖皆不能不是吕公、萧何辈之所为，是藉天以制人也。缠空结虚，令人起永乐为帝、建文遁世皆天命劫运之自然之思也。燕府帷幄得无有诡谋巧智者为之乎？此人间之是非、天命之与夺无如何者久矣。永乐兴起、建文穷死，似天命为之，永乐无罪，建文乏德。不然，成祖智勇伟器，亦至谋叛构乱、倒行逆施、逼天子死，灭伦悖德、非道不义之罪，本不堪君临一世也。于是，建文逊国归道犹如预定，永乐启天肇运亦似当然。有此神异秘奇之谈，而后安民治国，大明之威得燿于内外。呜呼，天命耶？人谋耶？劫运耶？世情耶？我于建文、永乐之际，记燕王幕里无名子所撰惊人之大小异说以赠人，题曰"命运"。云史乎？云史乎？仅传当时之说也。若夫如史实，万季野知之。如张廷玉奉敕修《明史》，虽号"正史"，建文《本纪》记："宫中火起，帝不知所终。"又记其末路，多为暧昧之言。此清之太史而仅为明小说家之皂隶矣。吾尝曰："束来虚言有历史。"抛下着。

(昭和十三年七月)

译后记

　　幸田露伴 (1867-1947) 是跨越明治、大正、昭和三个历史时代的日本文豪。他本名幸田成行，别号蜗牛庵、雷音洞主、脱天子、叫云老人等。生于江户 (今东京)，同胞兄弟姊妹八人，都分别是当时颇有名望的企业家、军人、学者或艺术家。

　　露伴幼年"孱弱多病，数度死而复生" (《露伴丛书》自序)。他出生的第二年，日本幕府政权瓦解，幸田家族沦为没落士族。露伴的正规学历只停留于东京师范学校 (筑波大学前身) 附小毕业，后来进入府立一中和东京英文学校，皆中途辍学。其后，一面在菊池松轩的迎曦家塾学习汉学，攻读程朱理学；一面到汤岛的东京图书馆涉猎和汉书籍和佛学著作。这个时期的博闻强识为以后的研究和创作打下了坚实的基础。1883 年，露伴入递信省 (邮电部) 电信修技学校，毕业后任职于中央电信局，不久赴北海道余市电信支局担任技术员。1887 年，他弃职返京，通过旧友淡岛寒月结识著名作家井原西鹤和尾崎红叶，遂激发起旺盛的创作欲望。

　　1889 年，露伴于《都市之花》杂志发表处女作《露团团》，初登文坛。接着，《风流佛》 (1889) 以及《毒朱唇》 (1900)、《缘外缘》 (1900)、《十字路净琉璃》 (1901)、《惊心动魄》 (1901)、《五重塔》 (1901) 等相继问世，一跃成为和尾崎红叶相匹敌的明治三十年代的代表作家，出现了文学史上辉煌的"红露时代"。

同红叶相反，露伴的文学创作宣扬理想主义和浪漫主义，充满男性的勇武精神。露伴以东方哲学和佛学的观点，对文明开化和欧化万能的时代风潮展开批判，显示了独特的个性。这种风格自小说《风流微尘藏》（1893-1895，未完成）之后逐渐减弱。

1896年，幸田露伴和森鸥外、斋藤绿雨三人，在鸥外主编的《觉醒草》杂志开辟"三人絮语"专栏，评论小说新作，推奖女作家樋口一叶的小说《青梅竹马》。日俄战争期间，露伴悼于社会的骤变，不得不埋头于历史故事之中。然而，时局动荡使他心神不宁，他写写停停，不能专注。1905年8月，《冲天浪》中途辍笔，成为他的第二部未完成作品。之后，他醉心于考证和史传文学的创作。

20世纪初期的日本文坛是以岛崎藤村和田山花袋等为首的自然主义作家的全盛时期，也是夏目漱石和森鸥外大显身手的时代。大正前期，一般年轻的读者都着眼于上述各个作家的新作，很少有人再顾及露伴的小说了。直到1919年4月，史传随笔《命运》发表于《改造》杂志创刊号，露伴又重新赢得富有文学、史学教养的读者们的青睐。《命运》问世的前一个月，根据中国诗书中的诗词故事演绎成篇的十三篇文史随笔《幽情记》，将围于当时世俗社会的一般民众的眼睛引向典雅、古朴的历史文化世界，令人耳目一新。露伴七十三岁时的作品《连环记》又是一大杰作，为作家的晚年文学生涯涂抹了浓重的一笔。

综观露伴的一生，其文学业绩包括小说、戏曲、诗歌、儿童文学、史传、散文随笔、游记、学术研究、论评、人生论、考证、注释等各个方面，形成一个广大的"露伴宇宙"（河盛好藏语）。1908年，露伴担任京都帝国大学讲师。1911

年获文学博士称号。1927年成为帝国学士院会员。1937年荣获文化勋章，受聘为帝国艺术院会员。露伴在授勋典礼上致辞，他说："文学有别于科学，受国家知遇不如遭受国家虐杀更能出优秀成果。"

二战结束时，露伴位于东京隅田川畔的住居遭受美军空袭，不久迁居千叶县市川市。1947年7月，露伴向女儿交待后事之后，平静地闭上了双眼。露伴唯一的女儿幸田文是著名的散文作家，她的作品多记述父亲的往事，1990年去世。幸田文的女儿青木玉和外孙女青木奈绪也都是颇有名气的作家。

这本《炉边情话》是继《幸田露伴散文选》（百花文艺出版社2004年3月）和《书斋闲话》（中华书局2008年6月）之后，我翻译的第三本露伴散文随笔集，收入《幽情记》、《连环记》和《命运》三篇文史随笔经典之作。

《幽情记》，以史传随笔的形式描写中国古代文人的情恋故事。作者以异域学者之眼，观察评述中国古代赵孟頫、陆游、侯朝宗、钱谦益，以及李师师、唐婉、李香君、柳如是等士人淑女细腻的情感世界，折射出他们各自所处的时代的影像。辞章典丽，文采斐然。

《连环记》，演绎日本历史文士、歌人、才媛悲欢离合的故事，以轻松的笔墨探询古代日本文人的生活理想和文化真趣，字里行间，謦欬可闻。

《命运》，露伴代表性的史学随笔，描写明朝建国初期宫廷内部惊心动魄的政治斗争，以独特的眼光观察中国历史，鞭笞明成祖朱棣玩弄阴谋，篡夺皇权的丑恶行径，歌颂宋濂、方孝孺等文人的崇高气节，读来令人回肠荡气。文中穿插许多鲜为人知的情感纠葛和浪漫的传说故事。

幸田露伴是我最崇拜、最喜爱的日本学者型作家。露伴知识渊博，目光远大，文笔洗炼，志趣高雅。他的文史随笔情理双秀，史论相生，阅读露伴的文章，韵味隽永，唇齿生香。在目前国学热方兴未艾的大好环境里，我相信这本露伴随笔和前两本一样，依然能在我国广大读者中获得众多知音。

几年前，《书斋闲话》出版之际，我在《译后记》里曾经留下这样一段文字：

"露伴还有一些关于以中国历史人文为题材的长篇著述，有的是史传小说，有的是文化散文，有的是学术随笔，如《命运》、《幽情记》、《连环记》和《论语新注》等，也很值得译介过来。面对这座文学富矿，我不会停下手中之钻。"

如今，这个愿望竟然很快地实现了，其欣喜之情是无法用语言形容的。为此，我很感谢饱享蕉风椰雨滋润的南国出版界的重镇花城出版社，衷心感谢他们为我国读者提供了再次亲近露伴文学尤其是史传、文史散文随笔的一次良机，感谢责编余红梅女士在组稿和编辑方面所给予的指导和协助。

最后，我还要深情寄语广大读者朋友，我的译作长年以来受到你们热情的关注和鼓励，朋友们的每一句话都是鞭策我在翻译道路上克服困难、摈除慵懒、孜孜以求、精益求精的动力。当每本新译出版之际，我总是细心浏览各个网站，注意倾听各方面的批评意见，为今后的翻译活动做好精神储备。我在翻译中的信条是：以文学为使命，以精品为指归，以读者为鉴戒。

愿以此与大家共勉。

陈德文
2011 (辛卯) 年寒食节
于日本爱知县高森山庄闻莺书院